AF398136

FSC
www.fsc.org
MIX
Paperi vastuul -
lisista lähteistä
Paper from
responsible sources
FSC® C105338

PIKKU PIIKA

Airi Haataja

Airi Haataja (os.Kaveri) s. 1939 Muhoksella.

Aikaisemmat teokset:
- Romaani Aidatut unikot, Myllylahti oy 2002
- Runokirja Vesiputous, Myllylahti oy 2002
- Historialliset muistelmat Kirjeitä korvesta, omakustanne 2004
- Oopperalibretto Kawerin kultamaa (säv. Kaj Cydenius) 2006
- Oopperalibretto Kawerin kiirastuli (säv. Kaj Cydenius) 2007
- Kantaatti Siltana Atlantti (säv. Kaj Cydenius) 2009
- Musiikkinäytelmä Kultaa!!! (säv. Kaj Cydenius) 2012
- Musiikkinäytelmä Lastuja Kalle Päätalon lapsuudesta 2016

Pikkupiika © 2020
Teksti: Airi Haataja
Kustantaja: BoD – Books on Demand, Helsinki, Suomi
Valmistaja: BoD – Books on Demand, Norderstedt, Saksa
ISBN: 978-952-80-2168-1
Ulkoasu ja taitto: Jäljen Jättiläinen, Jaakko Mylly

PIKKU PIIKA

Airi Haataja

.--. .. -.- -.- ..- .-.--. ... .. -.- .-

I LUKU
LOTAN LAPSUUS, HYRYNSALMI 1939

Pienen Lotan maailma muuttui täydellisesti ennen kuin se oli ehtinyt alkaakaan. Äiti oli sairastellut jo Lottaa odottaessaan, ja vaivojen toivottiin helpottavan lapsen syntymän jälkeen, mutta toisin kävi. Esikoisen syntymän riemu peittosi vain hetkeksi alleen äidin kivut ja heikkouden. Ensimmäinen ja toinen vuosi kolmihenkisen perheen elämässä vaati taitoa ja tahtoa sekä isältä että äidiltä. Talvet olivat helpompia, mutta keväällä ja kesällä oli isän hoidettava maatalouteen liittyvät tehtävät. Silloin äidin oli selvittävä kotiaskareistaan yksin päiväkaudet. Äidin voimat hiipuivat. Elämänlanka oheni päivä päivältä, kunnes katkesi kokonaan. Äiti oli poissa.

Samaan aikaan alkoi jatkosota. Isä määrättiin puolustamaan isänmaata. Koko kylä oli hetkessä täydellisen kaaoksen kourissa. Ihmiset kulkivat talosta taloon kauhuissaan, kysellen toisiltaan miten tästä jatketaan ja selvitään. Jahkailuun ei ollut aikaa. Hätä ja huoli pakottivat puhumaan jäyhätkin miehet. Kainuun perukoilla syntynyt ja kasvanut Lotan isä oli yksi heistä. Hän meni kansanhuoltoon kysymään miten Lotan käy. Lottaa ei voi yksin jättää. Isän käskettiin itse kysellä olisiko Oulun Joulumerkkikodissa tilaa. Tyly vastaus ei murtanut isää. Hän ymmärsi, että kaikilla oli paljon kysymyksiä, joihin ei ollut vastauksia. Lotan äiti oli kuollut aivan äsken, joten tuskin tuo ilmoitus oli vielä ehtinyt huoltotoimistoon. Siksi sieltä vastattiin niin ylimalkaisesti.

Pelkkä miettiminen ei auttanut. Lotalle oli saatava sijaiskoti pikaisesti. Isän oli oltava Seinäjoen asemalla kenttäharmaat päällään jo ylihuomenna, ja sitä ennen oli hoidettava koko joukko asioita. Oli vain yksi oljenkorsi, vanha ja sairas isomummo. Mummo avasi kotinsa ja sylinsä pienelle lähes orvolle tytölle. Hän eleli elämänsä ehtoota yksin vaatimattomassa mökissään. Hänen elämässään ei ollut juuri mitään, kuitenkin se vähä riitti hänen tarpeisiinsa yksin eläessä, mutta nyt siitä piti riittää myös Lotalle. Ihmisten auttaminen oli ollut hänen elämänsä kantava voima tähänkin saakka. Lotan äidin kuolema ja sota nostivat mummon auttamishalun aivan uudelle tasolle. Mummo oli onnellinen pienestä suojatistaan. Kevät ja kesä kuluivat pihalla askarrellessa, se oli mieluisaa molemmille. Mummon selkä ja jalat olivat kovalla koetuksella pientä kasvimaata tehdessä. Tuolia ja tukikeppiä apuna käyttäen sekin onnistui. Niiden kanssa kieppuminen huvitti Lottaa. Hän uskoi mummon näin leikkivän. Vielä suurempi riemu koitui syksymmällä sadon korjuusta. Perunaa oli muutaman metrin penkki, vähän sipulia ja porkkanaa. Nuoremmalla tuossa työssä olisi kulunut ehkä tunti, mutta mummolla ja Lotalla ei päivä riittänyt. Lotta ehti syödä pienet makeat keltaiset porkkanat melkein sitä mukaa kun mummo sai niitä maasta irti. Illalla pieni apulainen oli itsekin aivan multaisen porkkanan näköinen väsynyt ja onnellinen. Niin oli myös mummo kaikista pakotuksistaan huolimatta.

Kesän riemuihin kuului jokailtainen maitotilkan hakeminen naapurista. Maidon lisäksi talon emäntä antoi melkein joka kerta jotain pientä hyvää. Lottaa puhuteltiin ja ihailtiin. Vanha isäntäkin oli silloin kuin sulaa vahaa, leikkisä ja puhelias. Leivontapäivinään emäntä kääräisi mukaan jotain lämpimäistä. Tuoksuva ruisleipä tai muutama vehnäpulla tuntuivat valtavilta lahjoilta. Kultahipuiksi mummo niitä puhuttelikin.

Lotan elämän toinen kesä suloisessa mummon mökissä oli syksyyn kääntymässä. Satoi ja oli viileää. Mummon askeleet horjuivat tuvan lattian poikki kulkiessa, ja ulos hän ei olisi halunnut ollenkaan. Maitotilkka oli kuitenkin haettava. Se pieni matka oli jaksettava. Keppi toiseen ja Lotta toiseen käteen kyllä se onnistuu, uskoi mummo mielessään. Matka maitotaloon oli oudon hiljainen. Lotta keksi omia juttujaan milloin kivistä tai kukista, puhui ja pulputti.

Mummo ei ottanut osaa niihin eikä vastannut Lotan kysymykseen, "Kuka on kivilasten äiti?"

Matka tuntui tänään myös oudon pitkältä. "Onpas mummo muuttunut?", mietti Lotta. Miksi se on tullut aivan puhumattomaksi ja noin valittaa kulkiessaan, vain onko se laulamista? Ja miksi se nojaa keppiin lähes jokaisen askeleen jälkeen, mitä sekin on? Lotta kysyi syytä noihin kummallisuuksiin ja sai vastaukseksi vain jonkun sanan alkutavun. Sen jälkeen jotain oih ja voih, mutta ei mitään järkevältä tuntuvaa.

Piinallinen matka maitotaloon oli viimein saatu päätökseen, mutta mummon outo käytös ei loppunut vieläkään. Maitopänikkä oli aina ennen otettu karjakeittiöstä, mutta tällä kertaa hän raahusti tupaan saakka. Lysähti lähimmälle istuimelle, avasi huivistaan leuan alla olleen solmun, nosti katsettaan, ja kuiskasi: "Auttakaa meitä, minua ja Lottaa". Mummo oli poissa.

Lotta sijoitettiin väliaikaiseen perhekotiin. Se oli mummon mökkiä isompi ja perhettäkin oli enemmän. Neljä omaa, ja neljä sijoitustyttöä. Talon tytöt asustelivat pääasiassa kamarin puolella vanhempiensa kanssa. Sijoitetut saivat tyytyä pienen pirtin nurkkiin, mielellään ovensuun puolelle. Sijoituslapset olivat kaikki puoliorpoja, isät sotimassa, äidit olivat kuolleet tai jotenkin kadonneet. Miten, sitä he eivät tienneet, eikä heille kerrottu. Ainoa asia minkä he olivat ymmärtäneet, oli, että sota oli loppumassa, ja isät palaavat kohta kotiin.

Tyttöjen sijoituskoti oli hyvinkin väliaikainen kaikella tavalla. Voisi sanoa, että talo oli heille jonkin-moinen suoja, melkeinpä varasto. Ei ollut vaihto-vaatteita, ulkovaatteita ei ollenkaan ja yhdet yhteiset kumisaappaat, joilla juostiin huusiin vuorotellen. Ruoaksi sai jonkun kuivan leivän palan, tai luun imeskeltäväksi talonväen keitosta. Makeimmat luut emäntä jätti tiskipöydän nurkalle syltyn tekopäivinä. Niitä sai ottaa, ja niistä löytyi joskus jopa oikea lihan-murunen.

Nukkuminen, oikeammin makaaminen, oli kaik-kein vaikeinta. Oven edessä lattialla oli pieni maton repale. Se oli neljän tytön kova ja kylmä peti. Koko talon väki kulki tuosta ovesta öisillä tarpeillaan. Isäntä ja emäntä navetta ja tallireissuillaan eläinten niin vaatiessa. Kulkureitti piti pitää vapaana, eikä mattoa saanut oven edestä pois siirtää, se kun oli ovensuumatto. Isäntäväki lompsutti raskain askelin vierestä ja ylitse, saappaat lapsia hipaisten milloin miltäkin puolelta, kovemmin tai keveämmin sattuen yhtään kiertelemättä tai anteeksi pyytelemättä.

Itku ja valittaminen oli täysin kielletty sijoitus-
lapsilta. Omien tyttöjen temppuiluja kyllä siedettiin.
Hoidokkien näykkiminen ja kaikenlainen kiusaami-
nen olikin tytöille mieluisaa puuhaa. Usein emän-
täkin katseli sitä huvittuneena. Lotta oli sijoitetuista
pienin ja nuorin. Ikää oli vajaat viisi vuotta siisti ja
suloinen mummolassa hyvän kasvatuksen saanut.
Siksi hänestä tuli talon tyttöjen jokailtaisen kiusaa-
misen kohde.

Lotta piti tiukasti mielessään isomummonsa
neuvon: "Ajattele vain isän paluuta, se ihana päivä on
edessäpäin". Tuon ajatuksen turvin hän jaksoi ja kesti.
Hän ajatteli isäänsä jonkinlaisena miesenkelinä, joka
kulki hänen mukanaan kaikkialla, ja oli yksin hänen.
Ajatus ja uskomus täytyi olla oikea, olihan hän isänsä
ainoa lapsi isän pikku Lotta. Onneksi ei ilkeä sijoitus-
kodin väki huomannut raapia Lotan sydäntä pelotte-
lemalla, että ei ole yhtään varmaa palaako isä rinta-
malta, tai minkälaisena miehenä hän palaa. Talossa
käyneiden vieraiden kanssa he kyllä ilkkuivat, että ei
tämä Lotta ole ainoa Lotta. Eipä niin, kyllä Lotta sen
ymmärsi, onhan monen muun perheen tytär saanut
saman nimen kuin hän.

Viimein koitti se onnenpäivä, että isä tuli, mutta
hän ei tullutkaan yksin. Hänen mukanaan oli nainen,

joka myös muutti Lotan kotiin. Lotta ei kysynyt, eikä hänelle kerrottu miksi näin. Koti muuttui oudon näköiseksi ja tuntuiseksi. Isä touhusi tuon naisen kanssa. Hänellä ei ollut Lotalle aikaa. Miksi isä ei ota syliin, ei hypitä, eikä naurata. Jospa se riemu alkaa kun tuo nainen lähtee. Kyllä minä jaksan odottaa. Sitten isä palaa ennalleen, mietti Lotta.

Nainen ei lähtenyt tänään, eikä huomenna. Lotta oli saanut äitipuolen, joka oli ottanut sen kaiken mikä oli ollut Lotan omaa. Pian perheeseen syntyi pieni vauva. Lotta seurasi haikeana kuinka Isä ja vauvan äiti tulivat aivan höperöiksi. Juoksivat heti hyssyttämään ja paapomaan sitä, jos se vähänkin inahtaa. Samalla ne silittelivät toisiaan, hymyilivät ja olivat niin onnellisen näköisiä. Isä ei vilkaissutkaan omaa pikku Lottaansa. Ensimmäisenä päivänä, kun vauva tuotiin kotiin, Lotta halusi silittää sen poskea, mutta isä tuli vihaiseksi. Hän melkein karjaisi: "Anna vauvan olla!" "Miksi isä on tuollainen, onkohan se sairas?"; mietti Lotta.

Lotan elämä jatkui hiljaisena ja ilottomana. Ainoa asia johon Lottaa tarvittiin, oli vauvan kätkyen keinutus, sekin tarkkojen ohjeiden mukaan. Myöhemmin hänelle kuului vaippojen virutus ja pienen vahtiminen. Tämä kun konttasi ja käveli juuri sinne, mihin ei olisi pitänyt mennä. Sitten vielä sekin, että aina piti hymyillen ja supatellen nostaa se pois sopimattomasta asiasta. Joskus tuntui, että saisivat viedä koko vauvan sinne mistä se on tullutkin.

Koulu sai odottaa. Lotta ei sinne joutanut, vaikka ikä olisi sitä edellyttänyt. Vauvoja syntyi joka vuosi lisää, eikä Lotan työ ollut enää pelkkää vauvan hoitoa, vaan häntä tarvittiin lähes kaikkiin töihin. Päivät tulivat ja menivät nopeasti. Ilta toi armollisen levon ja mielenrauhan. Uneen vaipuessa unohtui isän ikäväkin. Kuitenkin Lotan oli vaikea ymmärtää, kuinka isä voi olla yhtä aikaa näin lähellä ja niin kaukana.

Lotta kyyhötti tutuksi tulleessa kolossaan kotimökkinsä ullakolla. Iltapäivän hämäryys ja kylmyys olisivat hyvin riittäneet riesaksi, mutta vielä vatsakin nousi vastarintaan. Se mourusi ja jyrisi kuin ukkonen. Onneksi rappusten puolapuut eivät narisseet tänne noustessani, ne ovat minun puolellani, ja äitipuoli ei kuullut kapuamistani. Olen turvassa täällä. Pysyttelen aivan yhdessä kohti siihen saakka kun kuulen isän tulevan tupaan. Silloin isommat siskopuolet huutelevat isä, isä...

Piilopaikkaansa hän kuulee, kuinka pirtissä kaikki istuvat ruokapöytään. Syövät ja puhuvat, tai oikeastaan huutavat, varsinkin äitipuoli. Sillä tuntuu taas olleen kamala päivä, paljon työtä ja vaivaa, eikä ketään apuna. Isä ei sano mitään korkeintaan murahtaa jossain välissä. Kukaan ei kysy missä Lotta on. Ei ole kysytty ennenkään, ei ainakaan ruoka-aikaan.

Nälkä vääntelee Lotan vatsaa. Kuin lohdutukseksi hän kuulee, kuinka pirtin penkkejä siirrellään ja astiat kolisevat, ne ovat merkkejä ruokailun päättymisestä. Lotta aistii jo mielessään padan pohjasta raaputtamaansa pohjaan palanutta puuroa, kun kuuluu äitipuolen vaativa huuto: "Laiska pikkupiika, alahan kömpiä tiskipaljun kimppuun".

Lotta hivuttautuu rappusia alas yksi puolapuu kerrallaan. Alas päästyään seisoo hetken hiljaa melkein hengittämättä, ettei äitipuoli huomaisi missä hän oli. Ullakko kun on äitipuolen pyhättö. Siellä on hänelle tärkeitä asioita joista ei saa tietää edes isä. Lotta oli aikeissa astua ensimmäisen askeleen, kun kuuluu: "Missä se laiska pikkupiika taas kuhnailee, sinun on parasta ilmestyä heti, muuten et saa edes raaputtaa padasta pohjaan palanutta". Samassa pirtin ovi paukahtaa eikä eteisestäkään kuulu askeleita. Nyt on oikea hetki puikahtaa tupaan, Lotta päätteli. "Täältä minä tulen, unohduin navettaan puhuttelemaan sitä uutta sievää vasikkaa. Alan heti tiskaamaan, ja sen jälkeen menen juottamaan vasikat ja lampaat",

Lotta selitti vapisevalla äänellä. Kädetkin vapisivat, nälästä varmaankin. Hän otti tiskipaljusta puisen kapustan. Padan pohjaa kaapiessa se ei äännä, eikä äitipuoli kuule, että tiskatessani syön. Hän kilisteli toisella kädellään astioita paljun pohjassa ja toinen kaapi kapustalla padan pohjasta ruoan tähteitä. Mitä ihmettä kapustaan ei jäänyt mitään. Hän sai suuhunsa muutaman pesupulverille maistuvan vesitipan. Ei mitään syötävää. Lotta nousi varpailleen nähdäkseen padan pohjalle.

Joskus saman padan pohja oli antanut runsaastikin syötävää, silloin varsinkin jos äitipuoli oli maitoruokaa keittänyt. Silloin oli pohjamuhkuroiden koloihin kertynyt ruskeaa palanutta mönjää aivan syödä asti. Nyt sen pohjassa oli vaahtoavaa vettä ja lautaset, joista oli syöty. Ne olivat paljussa likoamassa. Niistäkään ei nyt ollut apua.

"Mitä lääräät siinä!" Äitipuolen karjaisu sai Lotan korvat soimaan ja kädet tärisemään. Näläntunne oli tipotiessään.

Nyt pitää keskityttyä, astioiden on pysyttävä käsissä, eivätkä ne saa liikaa kolista, Lotta määräsi itseään. Hartioita pakotti ja sääriin pisti. Hellan kansikin oli Lotalle liian korkealla, ja tiskipaljun reuna nosti lisää. Kyyneleet valuivat virtanaan, niitäkään ei nyt voinut pyyhkiä, sillä käsiä ei saanut astioista irrottaa. Patapesinkin oli aivan liian paksu pienen tiskaajan käteen, sitä piti puristaa kaikin voimin. Sen oli pysyttävä kädessä, oikeassa asennossa ja sillä oli kuurattava pinttyneimmät liat.

Äitipuoli seisoi Lotan selän takana valvoen tiukasti työn sujumista ja asioiden puhdistumista. "Mihin isä meni? " tuli Lotan suusta kuin varkain.

"Tässä ei isää tarvita! Uikuta niin surkealla äänellä kuin osaat, kukaan ei sitä kuule, eikä apuun tule. Isä meni omien lastensa kanssa käpyjä keräämään. Minä seison tässä, ja sinä tiskaat. Sen jälkeen minulla on vähän asiaa". Voi kamala, ehti Lotta ajatella, kun vatsaa kouraisi ja väänteli. Kädet vapisivat entistä enemmän. Päässä tuntui outo suhaus ja polvet pettivät. "Jaa, että uusia temppuja", sihisi äitipuoli. "Kuvittelitko, että tällä konnankoukulla teet minuun vaikutuksen, että pääsisit kuin koira veräjästä?" Samassa hän otti tukevan otteen Lotan pitkistä hiuksista kietaisten ne kätensä ympärille kuin köyden, ja vetäisi kalpean lapsen käppyrään tuvan nurkkaan. Seinällä naulassa aivan Lotan pään kohdalla roikkui vanha nahkavyö, joka tarttui äitipuolen käteen kuin itsestään. Taas kerran hän purki sairasta vihaansa miehensä viattomaan lapseen. Iskut osuivat ja olisivat sattuneet, mutta onneksi lähes tajuton tyttö ei tuntenut tuskaa, eikä nähnyt äitipuolensa vihasta vääristyneitä kasvoja.

Lotta tunnusteli itseään. Silmäkulmaa ei kestänyt koskettaa, käsivarret olivat lähes tunnottomat ja joka paikkaan sattui. Mitä tapahtui? Samassa hän muisti tiskipaljun ja äitipuolen. Nyt tuli kiire. Oli noustava ylös, vaikka pienikin liikahdus sattui niin että vedet tulivat silmiin. Lotta vilkuili ympärilleen, ketään ei ollut tuvassa ja astiat odottivat tiskaajaa. Hellan ääreen oli kompuroitava ja työ oli tehtävä. Lotta tiesi asioiden järjestyksen.

Tämä kaikki oli tapahtunut monta kertaa aikaisemminkin. Joskus hän oli päässyt äitipuolen käsistä pienemmillä vaurioilla riippuen siitä, kuinka kauas hän oli isän lapsineen kulloinkin lähettänyt. Jos isä oli vaikka puita hakemassa, teki äitipuoli niin sanotun lyhyen tupatarkastuksen.

Hän katsoi vain, että Lotta oli toiminut määräysten mukaan, pessyt astiat ja lakaissut pirtin lattian. Sen jälkeen hän sai hivuttautua pois tuvasta ja toisten näköpiiristä. Talvella navetta oli Lotan turvapaikoista lämpöisin, jonkun lehmän lähellä oli hyvinkin lämmin. Tällä kertaa Lotta kaivautui karjaladon heinäkasaan. Seinärimojen välistä hän näki kuinka äitipuoli pyyhälsi pirttiin hellapuita sylissään kantaen. Isä ja siskopuolet tulivat paljon myöhemmin.

Sama näytelmä oli toistunut tuona kesänä niin useasti, että Lotta kertasi mielessään valmiiksi lähes jokaisen sanan, mitä kohta piti kuuluman. "Tämä toisten palvelu ja hoitaminen ei lopu koskaan, se ei edes vähene! Minun pitää aina vain jaksaa, vaikka en jaksa. Tuo Lotan rääpäle tekee aina yhtä huonon työn. Sitten se kääriytyy johonkin unelmoimaan... Paljon helpompaa minulla oli rintamalla Lottana, kuin tämän pesueen luotsina. Sotakin päättyi aikanaan, mutta tämä ei lopu koskaan" tokaisi äitipuoli.

Kaikki muu oli Lotan korville tuttua juttua, lähes jokapäiväistä, mutta tuo "tämä ei lopu koskaan" kuulosti oudommalle. Pian Lotta keksi mitä se tarkoittaa, että uusi vauva on tulossa. Se tietää lisää työtä, enkä vieläkään pääse kouluun. En koskaan pääse toisten lasten joukkoon.

Nyt oli pyydettävä Taivaan Isän apua tähän asiaan. Hän laskeutui kontalleen. Ladon lattian pohjarimat painoivat kipeästi luisia polvia, mutta se ei häirinnyt harrasta toimitusta. Lotta laittoi itsensä nöyrään rukousasentoon. Laihat kasvot taivasta kohti tuijottaen hän supisi:

"Rakas Taivaallinen Isä. Kuule, ja auta minua.

En haluaisi olla tottelematon, mutta en jaksa enää. Haluan kouluun, toisten lasten joukkoon. Olen kuullut, että opettaja on kiva. Toivon ja uskon, että minustakin tulisi koulussa kivempi. Jos äitipuolikin leppyisi sitten minulle. Uskothan Taivaan Isä? Uskothan sinä minua? En osaa kuvitella miten olen äitipuoleni noin pahasti loukannut. Ja vielä pahempi on tekoni ollut isääni päin, kun hän ei edes katso minuun. Toivon, että sitten kiltiksi tultua saisin sovittaa nämä loukkaukset kummallekin. Aamen".

Rukouksensa jälkeen Lotta mietti mitä hänelle on tapahtunut. Oli niin kevyt ja hyvä olo. Ei enää pelottanut, kädet eivät vapisseet ja jalatkin tuntuivat toimivan. Tämä on merkki siitä, että voin mennä tupaan ja puhua, ensin isälle sitten äitipuolelle, että haluan tulla kiltimmäksi. Sanonko heille, että niin kiltiksi, että kelpaisin sisarteni joukkoon. Varmaan hekin ovat miettineet ja keskenään puhuneet kuinka raskasta minulle on olla orpo, vaikka perhe on ympärillä. Nyt voisin kysyä, saisinko puhutella äitipuolta äidiksi. Sekin ehkä lähentäisi meitä.

Hän nousi kolostaan, oikoi vaatteensa, ja puisteli niistä heinäin pätkät, sipaisi hiuksiaan ja asteli luottavaisin mielin pirttiä kohti. Askeleet tuntuivat keveiltä ja olo toivorikkaalta. Hän avasi pirtin oven vain raottaen sitä. Kurkotti päätään nähdäkseen ketä pirtissä oli, ja uskaltautui kynnyksen sisäpuolelle. Siinä he olivat, äitipuoli hellan vierellä ja isä pienintään hyssytellen. Lotta hiipi lähemmäs isäänsä, ja oli aloittamassa: "Isä, minä voin hyssyttää... vauvaa".

"Jaa että voit, onpa komijasti sanottu. Mutta minäpä sanon että et saa, vaikka voit", karjaisi äitipuoli. "Sanoin äsken miehelleni, että sinut on saatava johonkin"...

"Tulinkin puhumaan teille, että haluan mennä kouluun, siellä on"...

"Luuleeko neiti, että siellä on vielä helpompi olla. Kuvitteletko joku prinsessa olevasi? "

"Isä, kuuntele isä, haluan tulla koulussa kiltimmäksi... sinun pikku Lotaksi. Sitten meillä olisi kivaa. Jos saisin sanoa äidiksi"

"Neiti lopettaa nyt kaikki kuvittelut! Ensinnäkin, missähän on sellainen koulu, joka tekisi sinusta kiltimmän. Toiseksi, tuo mies on mieheni ja minun lasteni isä, ja sillä on muuta tekemistä kuin hypittää jotain tytön repaletta. Sitten vielä, et ikinä, et vahingossakaan sano minua äidiksesi, et edes puoliäidiksi, onko selvä?"

Pirtin ovi oli vieläkin vähän raollaan. Lotta pujahti siitä kuin hiiri koloonsa arkana ja äänettömästi.

Sisälle mennessä askel oli niin kevyt, että hän tunsi melkein hyppelevänsä, mutta nyt polkua raahusti väsynyt ja pettynyt tyttö, joka tunsi hetkessä menettäneensä jopa sen pienen toivon kipinän, joka oli hänelle rukouksen aikana syttynyt.

Lotta oli kuullut ihmisten puhuvan, kuinka sota oli muuttanut monta miestä, kenet milläkin tavalla. Joku oli unohtanut koko perheensä. Siinä on syy. Sota on syynä siihen, että isä ei muista, eikä huomaa minua. Kamalaa! Olen ollut isälle vihainen, myös äitipuolelle, kun en ole ymmärtänyt. Olisipa joku, joka neuvoisi miten minun pitäisi olla ja mitä sanoa, että saisin meidän välit kuntoon. Sitten voisin puhua kouluun menostakin.

Hän avasi juuri karjaladon ovea mennäkseen tuttuun koloonsa, kun portaissa vilahti miehen selkä. Pian pirtin ovelta kuului: "Päivää päivää". Lotta hiipi ulkoeteiseen kuullakseen mistä oli kysymys.

"Asia on niin, että Lotan on päästävä kouluun, hän täyttää pian yhdeksän vuotta", puhui äsken tullut mies. "Olen saanut tehtäväkseni hoitaa tämän asian lain edellyttämällä tavalla. Hänelle on järjestetty koulun yhteyteen majoitus, myös ruoka ja tarvittaessa vaatetus. Hänestä huolehditaan, siitä voitte olla varmat. Ymmärrän hyvin, että Lotta on teille tärkeä ja rakas. Varsinkin isä kaipaa häntä, kun lähes tyttären elämän ajan on saanut ikävää kantaa. Mutta laki on laki. Toivon, että ymmärrätte asemani, ei tämä ole mieluisaa minullekaan."

"Ikävä meille tulee, mutta olemme mieheni kanssa ottaneet huomioon, että jonakin päivänä on näin tehtävä. Tuomme Lotan huomenaamulla koululle, sopiiko se? Nyt emme haluaisi asiasta puhua enempää. Nämä perheemme pienimmät itkevät kuorossa jos näkevät meidän kyynelehtivän", valehteli äitipuoli opettaja Kaakiselle.

Enempää ei Lotan tarvinnut kuulla ja tuskin olisi ollut kuultavaakaan. Äitipuoli hoiti jutun kuin näytelmässä. Eteisen seinänrako toimi kuin sulkeutuva näyttämö, se salli Lotan nähdä vain vilauksen pois lähtevästä opettajasta.

II LUKU
KUUSAMO 1948

Jo pelkkä koulurakennus oli Lotan silmissä kuin lumottu linna iso ja upea. Suorat nurkat. Isot, kirkkaat ikkunat ja valkoisiksi maalatut ikkunain pielet. Portaat ja porraskaiteetkin kuin vasta maalatut. Kaikki kuin eilen juhlakuntoon laitettuja. Lotta pidätteli hengitystään ensimmäistä kertaa portaita noustessaan. Samalla piti aivan nipistellä itseään. Voiko tämä olla totta, vai näkeekö hän unta. Aivan uutta ja ihmeellistä oli tuo iloinen hälinä ympärillä ja iloiset ilmeet kaikkien kasvoilla. Entäpä opettaja. Hän tuli niin lempeästi tervehtimään luokan ovelta saakka kaikkia lapsia ja neuvoi kädestä pitäen mikä oli kenenkin pulpetti. Oma pulpetti, jossa pian oli omat kirjat. Tämän kylän nimi on Kuusamo, se on opittava muistamaan. Ensimmäisen koulupäivän tunnit hän oli kuin pumpulisumussa, jota vaivoin raski raottaa, ettei se vain särkyisi ja haihtuisi pois. Hänen mielessään käväisi häivähdys pelkoa, kun opettaja sanoi ohjaavansa Lotan omaan huoneeseensa. Arastellen, mutta luottavaisena hän asteli opettajan perässä. Tultiin pieneen, sievään ja siistiin nurkkakamariin. "Tämä on sinun huoneesi Lotta": sanoi opettaja pehmeällä äänellään. "Täällä saat lukea rauhassa, levähtää kun väsyttää, olla miten haluat, kunhan tulet syömään ja iltateelle kun pyydetään": hän jatkoi.

"Kyllä opettaja, ja kiitos".

Lotan päivä jatkui uusilla ihmeillä. Mitä olivat Iltapäiväruokailu ja iltatee opettajaperheen kanssa. Keittiössä koko perheen läsnä ollessa, oli jotakin täysin uskomatonta. Maittavaa ruokaa, niin kauniista asioista. Kaikilla on samanlaiset, kukalliset lautaset, ehyet juomalasit, entäpä veitset ja haarukat. Tuntui niin kömpelöltä pidellä niitä käsissään. Nuo ihmeet, ihastukset ja jännitykset nostivat Lotan poskille punan ja hikihelmet. Väkisinkin tuli mieleen kuinka kotona ruokailu tuotti paljon ääntä ja hälyä. Sitä kaikkea oli paha katsoa ja kuulla sivustakin. Eihän häntä koskaan kutsuttu pöytään syömään.

"Ethän vain ole sairas": kysyi opettaja.

"Een, tämä kaikki on jotain, en tiedä miten sanoisin. En ole tiennyt kenelläkään tällaista olevan", sommitteli Lotta vastaustaan.

Lotan koulutien ensimmäiset viikot olivat oppimisen riemua täynnä. Päivisin oppitunnit luokassa ja iltaisin omassa huoneessa yksityisesti. Opettajapari oli suunnitellut jo etukäteen, kuinka he vuoroilloin Lotan jaksamisen mukaan antaisivat tälle kaikki puuttuvat tunnit, että jouluun mennessä Lotta olisi oikeasti toisella luokalla. Suunnitelma toimi hyvin. Lotan kouluinto siivitti heitä kaikkia. Niin opettajapariskunta, Martti ja Leila, kuin heidän lapsensa olivat mahdollisuuksien mukaan mukana yhteisillä oppitunneilla. Joulun lähestyessä perheen lapset auttoivat äitiään kotiaskareissa ja Lotta sai olla miesopettajan ohjauksessa.

Aiemmin Lottaa vaivannut pelko vaihtui nautinnoksi, kun hänen huoneeseensa tuotiin vadillinen joululeivonnaisia. Lotasta tuntui että nyt hänellä oli koti. Iloisena hän paneutui opettajaperheen jouluvalmisteluihin. Joulu oli hänelle suurta ja uutta niin käsittämätöntä, että sitä piti yön hiljaisuudessa miettiä ja yrittää itselleen selvittää. Usein miettiminen jäi lyhyeksi kun uni oli saada vallan. Ennen nukahtamista piti lähettää nöyrä kiitos Taivaan Isälle.

Kesäloman alkaessa Martti opettaja antoi Lotalle hänen koulutodistuksensa. ”Minäkö saan todistuksenkin kaiken tämän lisäksi”, Lotta sopersi silmät loistaen. ”Kyllä kyllä ja katso miten hyvä se on! Sinä olet ahkera ja hyvä koululainen. Sinä olet nyt kolmasluokkalainen.”: lisäsi opettaja.

Lotta ei tiennyt mitä tehdä tai sanoa. Mitähän isä sanoisi, entä äitipuoli? En ole ollenkaan ajatellut heitä, en edes isää. Lotan mielikuva ehti juuri kotipirttiin, kun opettaja yllättäen kysyi: ”Haluaisitko mennä käymään kotona nyt loma-aikana?” ”En, en erikoisemmin, ja miten menisin? En osaa kulkea linja-autoissa", selitti Lotta hätääntyneenä. "Minä vien ja haen sinut, se hoituu kyllä, mutta jos et halua, niin ei puhuta siitä enempää", supisi opettaja. "Olenko minä aivan kamala lapsi, kun olen melkein unohtanut isän, äitipuolen ja koko kodin? Enkä ole yhtään kertaa ikävöinyt sinne."

"Et ole tehnyt mitään väärin. En kysele syytä, miksi et halua käydä kotonasi, mutta jos haluat, minulle voit kertoa. En ehtinyt jututtaa isääsi ollenkaan silloin teillä käydessäni ja ymmärsin, että äitipuolesi halusi minun lähtevän ennen kuin heillä tulee itku."

"Voi, ei se niin ollut. Ei siellä itketty, ei ainakaan äitipuoli. Hän piti aina siitä huolen ettei isä ehtinyt sanoa sanaakaan. Uskon, että isällä oli, ja on paljonkin mielessään. En muista milloin hän olisi puhunut ainakaan minulle. Olin pirtissä vain astioita pestessäni. Lattian lakaisu ja pienten hoito kuului myös töihini, silloin isä ei ollut pirtissä. Nyt vasta huomaan, että isä ei varmaan tiennyt mitä äitipuoli teki".

"Mutta missä sinä olit, kun et perheesi kanssa"? livahti Martti-opettajalta. "Karjaladossa, navetassa talvella, kesällä pirtin vintillä, mutta sinne ei olisi saanut mennä, menin kuitenkin." "Tarkoitatko, käsitinkö oikein, että et ollut, et saanut olla"...

"Niin se oli. Tiskatessa, siivotessa ja pienimpiä hoitaessa sain olla pirtissä, mutta silloinkaan isä ei ollut siellä yhtä aikaa. Minulla ei ollut koskaan tilaisuutta puhua isälle. Halusin niin kovasti kysyä, että eikö hän muista minua. Kuulin aikuisten puhuvan, kuinka sota oli vienyt muistin siltä ja siltä mieheltä. Olin niin pieni, kun isä"...

"Eiköhän lähdetä koko joukolla ulkoilemaan, on niin kaunis talvipäivä", keskeytti opettajan vaimo.

Luonto oli kaunis. Vastasatanut lumi narskui, se oli pehmyttä ja vitivalkoista. Puiden oksat olivat saaneet uuden kuorrutuksen. Tien reunan kinokset olivat kasvaneet Lotan korkuisiksi. Ne näyttivät melkein vuorilta, joiden välistä vilkkui aurinko. Nämä ovat kuin lumivuoria. Voiko niihin hukkua? mietti Lotta. Aurinko laskeutui mailleen ja kohta oli pimeää, mutta ei vielä nukkumaanmenoaika. Lotta tunsi tarvetta mennä omaan huoneeseensa aivan vain oleilemaan, niin kuin hän asian muotoili talon väelle.

"Toki voit mennä huoneeseesi ja olla vain, se tekee hyvää. Tule sitten kahdeksalta iltateelle" perheen äiti muistutti.

Lotta heittäytyi selälleen sänkynsä päälle. Sopivaa asentoa piti oikein etsiä. Hän laittoi käsiään tyynyn alle ja päälle, kääntyi kyljelleen suoraksi ja kippuraan. Mikään ei tuntunut hyvälle. Tuntui, kuin joku olisi tuuppinut milloin mistäkin. Levoton olo sotki ajatusmaailmankin. Oli tarkoitus muistella päivän hienoja hetkiä, valkoisia kinoksia ja aurinkoa, ulkoilua perheen kanssa, mutta ei. Ajatus ei kantanut kahta sanaa pidemmälle. Ulkoilu oli väsyttänyt tytön. Uni vei hänet täysin toiseen maailmaan. Tässä maailmassa ei näytetty kauniita lumikinoksia eikä aurinkoa. Hänet vietiin kotiin vastenmieliseen tapahtumaan. Tuossa tapahtumassa hän ei ollut osallisena eikä tekijänä, vaan katsojana. Hän sai kuin sivusta seurata kuinka äitipuoli jo pirttiin tullessaan päätti kurittaa Lottaa. Ensin hän toimitti isän naapuriin asialle ja pienet siskot piti hänen ottaa mukaansa muka ulkoilemaan. Isän lähdettyä hän kutsui Lotan pirttiin. Sanaakaan sanomatta hän paiskasi tämän seinustalle, otti naulasta leveän tuppivyön ja hakkasi Lottaa kuin vihan vimmassa. Lottaan koski, hän itki, ja anoi armoa: "Rakas täti, älkää sillä remmillä, se sattuu, se sattuu." Lotta oli sängyssään kerällä kuin etana kotilossaan ja vaikersi kuin kipeä eläin opettajan tullessa huoneeseen. "Lotta herää näit pahaa unta! Minä tässä olen, Martti-opettajasi. Kuulin eteiseen itkusi. Nyt on kaikki on hyvin." "Minä tunnen tuon remmin, se on isän tuppivyö. Siinä on iso solki, se sattuu! Isä ei käytä sitä koskaan itse. Täti laittaa sen aina tuohon samaan naulaan, ja hakkaa minua sillä", Lotta vaikersi.

Opettaja otti Lotan syliinsä, silitteli ja hyssytti kuin konsanaan pientä lasta. Pyyhki valtoimenaan valuvat kyyneleet ja antoi tämän itkeä lohdutonta itkuaan. "Helpottiko? Unimaailma on ihmeellinen, joskus se loihtii sellaisen, jota ei ikimaailmassa haluaisi nähdä ja joskus on niin suloisia unia joista ei haluaisi herätä", hän jutteli.

"Se oli totta, se ei ole unta!", keskeytti Lotta melkein karjaisten. "Lepää rentona, voit vaikka nukahtaa siinä, minä sivelen selkääsi. Muistele jotain kaunista kesäistä maisemaa, se auttaa unohtamaan tuon unen." "Se ei ole unta! Miksi opettaja ei usko minua", parkaisi Lotta itkunsekaisella äänellään. "Uskon minä sinua, en vain tiennyt, mitä olet kokenut. Kerro sitten kun jaksat."

Lotta kietoutui täkkiinsä, istui tuolille vastapäätä opettajaa, ja alkoi kertoa elämästään. Uni, jonka hän oli äsken nähnyt, oli tuonut hänen muistiinsa monia sellaisia tapahtumia, jotka hän oli unohtanut kokonaan. Hänen kerronta oli selkeää ja kuvauksellista. Kasvot ilmeettöminä ja ääni vakaana, aivan kuin hän olisi jonkin kirjan kuvia selittänyt. Muutamina hetkinä opettajan oli vaikea uskoa, että siinä istui yksitoistavuotias lapsi, joka omin sanoin kuvaili lapsuuttaan. Opettajan läsnäolo, äänetön kuuntelu, ja rauhallinen silittely vuoroin hiuksista tai käsivarsista avasi Lotan patoutumat. Nyt saivat ulostulon sellaisetkin tapahtumat, joita hän ei ollut muistanut yhtään kertaa opettajaperheeseen tulonsa jälkeen. Yksi niistä oli elämä sijoitusperheessä.

"Teillä asuessani olen tajunnut, kuinka sijoituskodissa ollessa jaksoin päivästä toiseen uskottelemalla itselleni, että sota loppuu ja isä tulee pian. En kuullut, enkä kuunnellut talon tyttöjen ilkeyksiä. En suostunut tuntemaan nälkää. Sanoin itselleni, että saan ruokaa kun isä tulee. Sitten ei enää palele. Ei tarvitse nukkua lattialla vetoisen oven edessä. Samat asiat uskottelin toisille hoitolapsille, niille tytöille, joiden isät olivat myös sodassa. Kaikki tiesivät, että minun äitini oli kuollut, mutta toisten tyttöjen äidit olivat lähteneet pois. Siitä heitä pilkattiin aamusta iltaan. Saimme istua pirtissä ovensuupenkillä vieraiden aikana. Niille näyteltiin ja näytettiin, kuinka hyvin heillä pidetään sijoituslapsia. Jo ennen vieraiden tuloa saimme pestä kädet ja kasvot, kammata hiukset ja kääntää essuista puhtaamman puolen ja laittautua penkille istumaan. Emäntä kertoi laittavansa meille oman kahvipöydän vieraiden mentyä."

"Laittoiko hän?" opettaja kysyi huomaamattaan.

"Ei silloin, eikä myöhemmin. Saimme käteemme jonkun kuivan leivänkannikan, se saattoi olla homeinenkin. Essut käännettiin taas toisinpäin ja elämä jatkui entisellään."

Opettaja oli sanaton. Mitään tällaista hän ei ollut osannut kuvitella, eikä uskoa koskaan tapahtuneen. Hän oli ollut kylän opettajana jo vuosien ajan. Tuona aikana hän oli istunut monissa kokouksissa sekä lastensuojelu- että perheneuvontalinjalla. Monia surullisia tapauksia oli käsitelty, mutta mitään tällaista ei koskaan. Lastensuojelutapaukset koskivat lähes aina täysin orvoksi jääneiden lasten asioita. Perheneuvonta oli sodassa vammautuneiden miesten avustamista ja sopeutumista perhe-elämään. Monet miehet palasivat sodasta puolisokeina, sokeina tai rampoina. Sitä oli raskasta katsoa sivustakin puhumattakaan, mitä oli olla itse sillä paikalla. Mutta sodan käyneet ja sieltä selviytyneet miehet olivat osaansa tyytyväisiä, vähästä kiitollisia ja onnellisia päästessään perheidensä pariin.

Supistettu kansakoulu kesti neljä lukuvuotta, mutta Lotalla vähemmän opettajaperheen avustuksen ansiosta. Nuo vuodet Lotta sai asua ja elää opettajaperheessä kuin heidän omana lapsenaan niin koulu kuin loma-aikoina. Varsinaista oleilua, niin sanottua laiskottelua perheessä ei harrastettu, vaan arkipäivään kuului jokin pieni työ jokaiselle lomapäivällekin.

Syyskesällä marjanpoiminta ja sienestys olivat kokopäiväisiä juttuja kivoja ja väsyttäviä. Lotta ihmetteli, miksi niin suuria määriä poimittiin, ja mihin ne katosivat heti puhdistuksen jälkeen. "Ne menevät yhteiseksi hyväksi, kaikilla ei elämä ole yhtä hyvin kuin meillä": opettaja vastasi. "Köyhyyttä, puutetta ja sairautta, suoranaista nälänhätää on paljon", hän jatkoi.

Illalla Lotta mietiskeli huoneensa hiljaisuudessa, miten mahtaakaan hänen kotonaan asiat olla. Onkohan siellä ruokaa. Juuri silloin ovelle koputettiin, ja opettaja tuli huoneeseen kädessään pieni kirje.

"Tässä kysytään tulisitko Kuusikoille apulaiseksi. Heillä on pieni kauppa ja kolme lasta. Tunnemme hyvin sen perheen. Voimme suositella heitä sinulle ja sinua heille. Mitä sanot?" kysyi Martti-opettaja.

"Jos minut kelpuutetaan. Eihän se paikka ole kovin kaukana? vai saanko asua siinä perheessä? Onko sielläkin ilmainen ruoka?" kysymykset aivan vyöryivät Lotalta.

"Kyllä siellä on asunto. Samanlainen nurkkakamari kuin meilläkin. Ruoka ja siellä maksetaan sen lisäksi pientä palkkaa. Sinun tulisi auttaa sekä kaupan että kodin töissä, järjestellä ja siistiä. Tietenkin lapset haluavat myös leikkiä kanssasi."

"Maksetaan palkkaa! Mitä se on, en ole koskaan kuullut? Kyllä minä teen kaikkea mitä vain osaan. Jos saan vähänkin palkkaa, voin mennä käymään kotona, ja lepyttää äitipuolta. Ehkä sitten isäkin puhuu minulle. Äitipuoli sanoi lähes joka päivä, kuinka kalliiksi minun elättäminen on heille tullut. Haluaisin maksaa edes osan siitä takaisin." Lotan ajatusmaailma aivan tulvi uusia täysin outoja asioita. Tuntui, että niistä on saatava heti täydellinen käsitys. Miten voikin olla niin, että saa asunnon ja ruoan ja sitten vielä palkkaa? Minun pitääkin kysyä äitipuo-leltani paljonko olen hänelle velkaa? Varmaankin olen velkaa myös isälle." Onneksi opettaja liikahti tuolillaan, se havahdutti Lotan. "Milloin minä voin mennä?" hän huomasi kysyä.

"Saat itse päättää milloin haluat muuttaa. Voin viedä sinut milloin vain. Sinne on matkaa ehkä viisi-kymmentä kilometriä", jatkoi opettaja.

"Minulle sopii vaikka jo sunnuntaina, silloinhan teillä on parhaiten aikaa. Jos sille perheelle sopii, että tulen näin pian?”

”Heille sopii, tiedän sen. Vien sitten sunnuntaina sinut sinne. Tuskin osaat kuvitella, kuinka ikävä meille kaikille tulee sinua. Muistathan sitten käydä meidänkin luona?”

III LUKU
TAIVALKOSKI 1953

Lotta tutustui nopeasti uuteen perheeseensä. Huone, jonka hän sai aivan omaan käyttöönsä oli pieni ja kodikas. Työtehtäviin kuului keittiön siistiminen aamiaisen jälkeen ja Tuuli-tytön saattaminen kouluun, sekä pikku Pekan ja pari vuotta vanhemman Tanelin hoitaminen tarvittaessa. Iltapäivän askareet olivat lähes samat asiat toisinpäin. Hän oli onnellinen uudessa kodissaan. "Minulle sattui hyvin... jo toisen kerran, nyt minulla onkin kaksi kotia," hän ilakoi mielessään. En saa unohtaa isää ja kotiperhettäni. Siitä tulee koti kun saan maksettua äitipuolelle edes osan velastani. Kyllä se onnistuu. En anna ikäville asioille valtaa, päätti Lotta, ja pian hänen iloinen laulunsa raikui käytävässä.

Kauppiasperheen äiti oli pidättyvä ja hiljainen. Hänen miehensä Vilho sitä vastoin oli hyvinkin puhelias sekä Lotalle että asiakkaille. Tuo kaikki oli Lotalle aivan uutta. Voiko joku mies noin iloisesti rupatella outojen ihmisten kanssa? En nähnyt isäni koskaan edes hymyilevän, mietti Lotta.

"Lotta, tulepa tänne!", kauppias huuteli. Lotta jätti ikkunan ulkopesun kesken, ja juoksi kauppiaan kutsumana hänen pieneen toimistoonsa. Aivan toimiston ovella Lottaan iski ahdistus. Mitä olen tehnyt väärin, kävi nopeasti mielessä. Jalat vapisivat,

henkeä salpasi ja korvissa suhisi. Tunne oli saman-
lainen, kuin joskus äitipuolen eteen mennessä. "No
mutta, oletko sinä kuumeessa, kasvosi ovat aivan
punaiset ja vapiset, mikä sinun on?", Vilho kyseli.

Lotta seisoi kuin aave, tai kuin kala kuivalla maalla.
Ääntä ei tuntunut lähtevän, ja silmät olivat kuin
päähän jäätyneet. Vilho tajusi Lotan pian kaatuvan.
Hän syöksyi pari askelta ja koppasi tytön syliinsä.
Istualleen päästyään hän silitteli hitaasti ja kevyesti
vuoroin Lotan laihoja käsivarsia tai pitkiä hiuksia.
"Lotta, puhu minulle, mikä sinulle tuli? Sano jotakin,
onko sinun paha olla? Sano vaikka vain yksi sana",
kauppias pyysi.

"Minun on hyvä olla. Saanko vielä vähän aikaa olla
tässä", Lotta mutisi.

"Toki, vaikka kuinka kauan... Onko hyvä jos silit-
telen?"

"On hyvä..."

Lotan hento selkä nytkähti kuin nukahtamisen
merkiksi. Pian hän nukkuikin rentona ja onnellisen
näköisenä. Vilho nosti Lotan seinustalla olevalle
puusängylle, ja istuutui sängyn vierelle tarkkaillen
hänen jokaista ilmettä ja liikahdusta. Lotta mumisi
unissaan. Vilho kallistui aivan lähelle kuullakseen
mitä se oli. "Minä... pelkäsin. Muistin kuinka se sattui,

se teki niin kipeäksi etten pystynyt vintille kiipeämään."

Vilho jatkoi Lotan silittelyä ja huomaamattaan hän alkoi laulaa hyvin hiljaa ja pehmeästi. Terttu-rouva oli tullut huoneeseen, ja karjaisi "Harjoitteletko sinä jotain taikatemppua, vai mitä tämä on? Kätesi näyttävät olevan yhtä aikaa tytön molemmissa päissä!"

"Tuo oli kuin äitipuolen ääni" käväisi Lotan tajunnassa. "Lotalle sattui jotain", selitti Vilho hätääntyneenä. "Nostin hänet tuohon ja kumarruin lähemmäksi kuullakseni mitä hän mutisi. Yritin vain rauhoitella häntä..."

"Kerrohan sinä tyttö oma versiosi", tuhahti Terttu, tönäisten Lottaa.

"Kun osaisin. Jotain kummaa se on, ...opettajaperheessäkin ollessani olin saanut kohtauksen ja puhuin jotakin sekavia."

"Siitä pitää ottaa selvää! Viet Lotan lääkäriin Vilho, minä tilaan ajan heti. Tuliko sekin edellinen kohtaus miesopettajan läsnä ollessa?", kysyi Terttu ivallisesti huoneesta poistuessaan.

Seuraavana päivänä Vilho vei Lotan lääkäriin. Alkumatka kului hiljaisuuden vallitessa, ikään kuin kumpikin miettisi, miten aloittaisi. Vilho rohkeni ensin.

"Pelkäsitkö minua, kun silittelin?" "En ... ehkä enemmän hämmästyin itseäni, ja sitä mitä tapahtui. Oliko rouva jotenkin vihainen?"

"Terttu ei aina ajattele mitä puhuu. Tietenkin hänestä oli outoa, että olit toimistossa, ja että minä yritin laulaa sinulle."

"Siinä rouva on kyllä oikeassa, että pitää selvittää mistä nämä kohtaukset johtuvat. Ajattelen niiden johtuvan kokemastani nälästä, kylmästä ja isän ikävästä. Haluaisin, että sinä, siis te, tulisitte mukaani lääkärin vastaanotolle".

Lottaa jännitti lääkärin tapaaminen koko automatkan ajan. Hänen mielestään lääkärit olivat vain parempiosaisia varten. Minulle tämä mahdollisuus tulee kauppiaan avulla, hän pohti. Vilho oli huomannut Lotan levottomuuden. Autosta vastaanotolle mennessä hän puheli Lotalle. "Pian tulet huomaamaan, ettei ole mitään syytä jännittää."

Vastaanottohuoneen ovelle ilmestyi sievä vaalea nainen, joka kutsui pehmeällä äänellään lämpimästi hymyillen: "Lotta ja saattaja, olkaa hyvät". Lääkäri haastatteli ensin Vilhoa kysellen, milloin Lotta on heille tullut, missä hän asuu, mitä tehtäviä hänellä on ja miksi Lotta oli kutsuttu Vilhon toimistoon? Vilho aivan tärähti, kun hän muisti, että oma vaimo oli kysynyt samaa.

"Olin juuri kutsunut hänet sinne antaakseni pienen tehtävän..." takelteli Vilho vaivaantuneena.

"Minkä tehtävän", lääkäri kyseli Viljon näyttäessä edelleen vaivautuneelta."Miksi Lotta pelästyi kutsua?" Ei vieläkään vastausta Viljolta. "Mitä sinä Lotta tunsit?"

"Jotenkin minä pelästyin. Muistan vain liukuneeni kauhu-uneen, jossa äitipuoleni taas hakkaa minua. Tajuntani selkeytyessä siinä olikin Vilho- kauppias, joka silitteli ja hoivasi minua."

Lääkäri teki merkintöjä, kyseli ja kirjoitti. Lopuksi hän luki ääneen kirjoittamansa listan. "Näiden tutkimusten perusteella olen todennut, että kysymyksessä on paniikkihäiriö, joka on saanut alkunsa varhaislapsuuden traumoista. Nuo asiat ja tapahtumat olisivat kovia aikuisellekin, mitä ne ovatkaan olleet ja saaneet aikaan pienelle tytölle. Potilaan kertoman mukaan vastaavanlainen kohtaus on ollut aikaisemminkin. Suosittelen hänelle neurologin tutkimusta, sekä terapeuttista hoitoa ja ohjausta."

Kotimatkalla Vilho sai taas rauhallisuutensa ja pystyi juttelemaan, "Kuulithan, että lääkäri sanoi sinua vaivaavan lämmön, turvallisuuden ja läheisyyden puutostilan."

”Lämpö, turvallisuus ja läheisyys ovat minulle aivan outoja asioita! En tiedä niistä mitään. Tai ehkä mummon luona olen saanut kokenut jotain sellaista. Siksi muistan mummoa jotenkin erityisellä tavalla.”

”Kerroit lääkärille ehkä vaikeimpia osia elämästäsi. Voiko olla totta, että viiteentoista ikävuoteen ei sisälly ainuttakaan onnellista päivää?”, Vilho muotoili ajatustaan.

”Opettajaperheessä ollessani olin onnellinen. Ja nyt teillä minulla on hyvä olla. Toivon, että te jaksatte ohjata minua tekemään työni oikein. Saanko vielä palkkaakin? Haluaisin käydä kotona.”

”Saathan sinä palkkaa, mutta et sinä tarvitse matkarahaa. Minä käytän sinut. Sovimme sen jo opettajan kanssa.”

”Olen päättänyt maksaa pieninä erinä takaisin äitipuolelleni.”

”Mistä sinä olet velkaa hänelle?”

”Minun elätyksestä. Hän usein muistutti kuinka kalliiksi olen hänelle tullut.”

Vilho ei voinut enää hallita mielenliikutustaan. Oli pakko pysäyttää auto tien reunalle. Hän harppoi pitkin askelin auton toiselle puolelle ja koppasi etuistuimelta Lotan syliinsä, painoi päänsä hänen poskea vasten ja itki äänekkäästi.

Tunteenpurkaus kesti hetken. Laskettuaan Lotan omalle paikalleen, ja mentyään itse kuljettajan paikalle, hän tuijotti ulos kuin nähdäkseen jotain mitä ei ollut olemassakaan. Ennen autonsa käynnistämistä hän kääntyi Lottaan päin, otti tämän kädet omiinsa, katsoi tytön hämillisiä kasvoja, ja sanoi: "Tämä reissu on meidän yhteinen lääkärimatkamme. Me teemme yhdessä joka ainoan käynnin tämän jälkeen. Kotona minä kerron Tertulle, mitä lääkäri sanoi ja myös sen, kuinka jatkamme tästä. Sinun ei tarvitse puhua tästä hänelle mitään."

Lotan päivät kuluivat aivan lentäen. Kevyt siivoustyö oli mieluisaa, ja lasten kanssa leikkiminen vieläkin mieluisampaa. Lääkärireissu ja juttelu Vilhon kanssa antoivat hänelle aivan uudenlaista virtaa sekä turvallisuuden ja aikuisuuden tunnetta.

Muutaman päivän kuluttua Vilho pyysi Lottaa myymälään avukseen. Viikkokuorman purkaminen ja asiakkaiden palveleminen eivät onnistuneet häneltä yhtäaikaa ja Terttu-rouva oli kampaajalla.

Lotta sonnustautui myyjättären asuun, ja siirtyi myymälän puolelle. Mieli oli iloinen ja askel kevyt. Tätä tilaisuutta hän oli toivonut, ja nyt se on totta. Hän palveli asiakkaita joustavasti iloisesti rupatellen. Tuntui ja näytti, kuin hän olisi ollut jo kauankin tiskin takana.

"Mistä se kauppias on näin näppärän apulaisen löytänyt?", kysyi Siltalan emäntä.

"Tosiaan, Lotta on oikea löytö. Meidän kylän opettaja huomasi Lotan sulavan käytöksensä, ja suositteli häntä meille."

Kauppias sai viikkokuorman purettua ja Lotta asiakkaat palveltua. He olivat nyt kaksin myymälässä. Vilho otti taskustaan avatun kirjekuoren, ja kertoi Lotalle: "Uusi lääkäriaika on ylihuomenna. Lähden käyttämään sinua siellä, ole valmiina kymmeneltä. En ole vielä puhunut Tertulle mitään, mutta hoidan asian. Sinun ei tarvitse selittää hänelle eikä lapsille."

"Sopii, kiitos", ihmetteli Lotta. Samalla hänen teki mieli kysyä miksi ei saa puhua mitään?

Lotta oli hämillään asiakkailta saamastaan huomiosta ja kannustuksesta. Lisäksi vielä kauppiaan lausahdus "oikea löytö" oli musiikkia korville ja mielelle. Onnellisen mielen siivittämänä Lotta antoi pölyrätin kiitää, ja sai tehtävänsä sekä myymälässä että kodin puolella valmiiksi juuri rouvan palatessa.

"Mitenkäs on päivä mennyt?" Tertun tokaisu sai punan nousemaan Lotan poskille.

"Ihan mukavasti. Lähdenkin lapsia vastaan, täällä kaupan puolella on valmista", soperteli Lotta.

"Muuten, onko kuulunut mitään sieltä sinun lääkäriltäsi?"

"Ei ainakaan minulle, muuta en tiedä... menen nyt..."

Lotta käveli lasten koulutietä hitaasti. Askeleet tuntuivat painavammilta kuin aikaisemmin päivällä. Hänen teki mieli kääntyä takaisin, ja pyytää anteeksi valehteluaan Terttu-rouvalta. Omatunto kolkutti joka askeleella ja samalla jokin voima sanoi sisällä, että oman etusi takia olet vaiti. Kauppias kuljettaa minut lääkäriin ja hoitaa asiat vaimonsa kanssa. Niin asian kuuluu ollakin. Kukas muu kuljettaisi, eihän rouvalla ole ajokorttiakaan. Lotta sai painiskelun omantuntonsa kanssa onnelliseen päätökseen todeten lopuksi, että se kaikki on vasta ylihuomenna.

Matka lääkäriin tuntui pitkältä ja takkuiselta. Lottasta tuntui kuin hän olisi jotain luvatonta tekemässä. Teki mieli kysyä, miksi rouvalle ei saanut puhua asiasta mitään, ja miksi lähtö oli niin ihmeellinen. Takapihan ovelta tasan kello kymmenen luki lapussa, jonka kauppias oli pistänyt Lotan kamarin oven alta. Hän toimi annetun ohjeen mukaan. Kauppiaan auto pörisi ison pensaan takana, ja Lotan noustua etupenkille se lähti liitämään hiekkaista tietä. Lotta vilkuili kuskin kasvoja nähdäkseen voisiko kysyä, miksi toimittiin näin salaperäisesti. Kauppiaan kasvot olivat vakavat melkein kuin kivestä veistetyt, eikä niissä näkynyt naurun viiruja. Hänen silmänsä tuijottivat tiukasti suoraan tiehen. Vilho vaistosi Lotan kiusallisen tuijotuksen. Hän hieraisi niskaansa ja rykäisi kevyesti. Se auttoi Lottaa, nyt oli ehkä sopiva aika kysyä jotain.

"Onko kauppias sairas, kolottaako niskaa?"

"Ei se ole kolotusta, jotenkin vain painostaa... Nukuin huonosti ja pahassa asennossa olohuoneen sohvalla."

Lotta oli jo kysymässä miksi sohvalla, kun pieni kivi kopsahti tuulilasiin, ja säikäytti heitä molempia. Vilho jarrutti ja pysäytti auton tien pientareelle tarkistaakseen syntyneet vauriot. Kuskinpaikalle istuessaan hän selitti: "Se osui vain tuulilasiin ja teki pienen kolon siihen, mutta pienikin kopsahdus säikäyttää. Sinä taisit säikähtää kovasti, olet aivan kalpea. Vapisetko sinä? Kallista pääsi olkapäätäni vasten. Saanhan rauhoittaa sinua?", Vilho puheli silitellen Lotan hiuksia. "Meidän pitää jatkaa matkaa, kyllä minä tästä tokenen. Se huimaus meni ohi". "Tosiaan, lääkärin vastaanotto on puolen tunnin kuluttua. Paluumatkalla meillä on paremmin aikaa..."

Lotta tunsi olevansa oudolla tavalla hämmentynyt koko lopun matkan. Mutta se katosi heti perille tultua, kun tutun ja turvallisen lääkärin olemus tuli ovelle kutsuen: "Lotta ja saattaja, olkaa hyvät".

Lääkäri jututti heitä molempia vuorotellen. Miten arkiaskareet olivat kummankin mielestä sujuneet? Mitä Lotta pitää työstään? Onko hän ollut asiakaspalvelussa myymälässä, jännittääkö hän sitä? Vilho seurasi tyytyväisenä Lotan haastattelua. Sitten tuli hänen vuoronsa vastata kysymyksiin, jotka olivat lähes samat, mutta työnantajan näkökulmasta. Vastaukset olivat yhtä positiivisia kuin Lotalta kysyttäessä. "Halusin haastatella teitä toistenne kuullen ja nähden. Tällä menetelmällä mittaan teidän keskinäistä luottamustanne, joka on erikoisen tärkeä seikka tässä tapauksessa. Tarkoitan, että asut ja elät kuin samaa perhettä ja työnantajasi on huoltaja sinulle Lotta. Entä vaimosi Vilho, onko tämä järjestely hänelle sopiva?"

"On se. Kerron hänelle mitä olemme keskustelleet täällä. Eikä Terttu voi kuljettaa Lottaa, sillä hänellä ei ole ajokorttia." "Hyvä. Lähetän kutsun teille vielä yhteen keskustelutilaisuuteen. Siinä mietimme ja päätämme jatkosta."

Paluumatkalla Vilho huomasi tien varrella olevan kahvilan, ja ohjasi auton sen pihaan. "Nyt käymme kahvilla, eikö niin?" "Kyllä minulle sopii, ja kuljettajalle varsinkin kahvi on paikallaan. Toivottavasti

osaan käyttäytyä oikein, en ole aikaisemmin käynyt-
kään kahvilassa." "Älä kanna huolta mistään, ohjaan
sinua", Vilho kuiskasi, ja pujotti kätensä Lotan kaina-
loon.

Hän talutti Lotan kahvilanpöytään istumaan, ja
harppoi myyntitiskille. Pöytään palatessa tarjotti-
mella höyrysi kaksi tuoretta korvapuustia ja kahvi-
mukit.

"Olepa hyvä. Ota toki takki päältäsi, istu ja nauti!"

"En osaa sanoa muuta kuin kiitos kauppias. En ole
koskaan käynyt kahvilassa. Tuoreita korvapuusteja
sain syödä ja leipoakin opettajain perheessä."

"Älä puhuttele minua kauppiaaksi, sano Vilho vain,
meidän on helpompi näin puhutella toisiamme."

"Se on totta, mutta en ole koskaan ketään miestä
puhutellut etunimeltä. Ainakin liikkeessä, asiakkai-
den aikana minulla menee väkisinkin kauppiaaksi..."

"Niin on parempi, myös Tertun kuullen sano kaup-
piaaksi...", Vilho takelteli.

Kahvituokion loppuosa kului vähin äänin. Vilho
oli jo ulko-ovella Lotan vielä napittaessa takki-
aan. Autoon noustessaan Lotta vilkaisi Vilhoa, ja
oli huomaavinaan tämän kasvoissa outoa kireyttä.
Huomio ei antanut hänelle rauhaa ja oli aivan pakko
kysyä:

"Mikä sinua vaivaa Vilho?" "Mietin tässä työ ja koti-
asioita. Kummassakaan ei kaikki ole ihan kohdallaan.
Mutta ei mietitä sitä. Nyt on sinun toipumisestasi
kysymys. Lääkäri sanoi sen olevan hyvällä alulla.
Ja tämä meidän yhteistyö on jatkossa hyvin tärkeä
tekijä."

"Kuulin hänen sanovan niin, mutta mitä se tarkoit-
taa?"

"Että jatkossakin luotamme toisiimme. Me emme
kerro kellekään, kaikki on meidän keskeistä. Minä
kerron Tertulle, minkä näen tarpeelliseksi. Sinun ei
tarvitse huolehtia siitä. Lääkäri kehotti aivan erityi-
sesti minua huolehtimaan siitä, että sinä saat lämpöä
ja läheisyyttä. "Sitä en kuullut ehkä jännitykseni takia,
vai sanoiko hän sen sinulle yksityisesti?" "Yksityi-
sesti ja luottamuksella."

Vilhon lämpimät sanat rentouttivat Lotan ja huojen-
tunut olo sai silmät painumaan kiinni. Mutkainen
hiekkatie kaartoi vasemmalle. Vilhon painoi kaasua
ja rento etupenkkiläinen kallistui kuljettajan olkaa
ja ohjauspyörällä olevaa kättä vasten. Auto kaarsi
syvemmälle tien reunaan. Vilho sai pysäytettyä sen
vain viime metrillä ennen isoa kiveä.

"Kylläpä se säikäytti. Sattuiko sinuun Lotta? Mutta
mikä on, silmäsi ovat aivan oudot ja vapiset kaut-

taaltaan. Nostan sinut takapenkille. Sinä säikähdit auton kiepsautusta, siitä johtui tuo pyörrytys. Laitan sinut makuuasentoon ja sivelen ohimoitasi niin kuin lääkäri neuvoi tekemään aina näissä tilanteissa." "Kylläpä minusta on vaivaa. Pitääkö joka reissulla sattua jotakin", Lotta puhui mietteliäänä. "Ei tämä ole vaivaa Lotta pieni! Tämä on sitä jälkihoitoa, josta lääkäri puhui. Muistatko, että hän painotti erikoisesti sinun tarvitsevan paljon lämpöä ja hoivaa?" "Muistan, ja ennen kaikkea luotettavan ja ymmärtävän aikuisen. Tarkoittaako hän sinua?"

"No, minä olin sitä ennen puhunut lääkärin kanssa kahden, ja hän tuli tietämään, että olen lupautunut hoitamaan sinut kuntoon... kaikilta osin, sitä hän viesti sinulle." "Sanoiko hän montako lääkärireissua vielä tulee?"

"Hän ehdotti, että nyt alkaisi muutaman kuukauden, sanoisinko... vapaajakso, jonka aikana sinä tutustuisit nuorten maailmaan. Se tarkoittaa, että käyt elokuvissa, jopa iltamissa, ja ainakin ensi alkuun minä kuljetan sinut. Raportoin sitten lääkärille, ja hän suunnittelee jatkon tarpeen mukaan."

"Elokuviin ja iltamiin, minäkö? Lähteekö Terttu-rouvakin mukaan?"

"Ei, tämä on meidän kahden välinen ja täysin

luottamuksellinen hoitosopimus. Vain me kaksi puhumme tästä keskenämme, ja liikumme yhdessä... tai siis minä kuljetan sinua. Minä hoidan asian Terttuun päin, sinun tarvitsee vain seurata viestejä." "Tarkoitatko, että oven alta niin kuin eilen? " "Ne voivat tulla muualtakin, en vielä tiedä itsekään, kyllä sinä huomaat sitten."

Matka jatkui hiljaisuudessa. Parempi näin, ajatteli Lotta, on niin paljon uutta ajateltavaa mielessä. Ne pitää saada järjestykseen ja mieli rauhalliseksi ennen kuin tapaan Terttu-rouvan. Lotta kuvitteli mielessään iltamia ja elokuvia. Kummassakaan hän ei ollut koskaan käynyt, eikä ketään nuorta edes puhutellut. Nyt Vilho avaa hänelle oven nuorten ihanaan maailmaan! Se on ihana! Niin hän oli lukenut rouvan viikkolehdestä, ja lehti puhuu varmasti totta. Eihän sitä muuten kirjoitettaisi kaikkien luettavaksi. Siinä lehdessä oli yksi elokuvamainos, jossa kuvattiin uskomatonta rakkaustarinaa. Sen pohjana on miehen ja naisen välinen suhde, joka alkoi ystävyydestä ja luottamuksesta. "Aivan kuin meidän välillä nyt on", äänsi Lotta huomaamattaan. "Nukahditko sinä? Puhuitko sinä unissasi?" "Voi, en huomannut sanovani ääneen, mutta tottahan se on. Meidän välinen ystävyys ja luottamus on aivan kuin siinä elokuvamainoksessa. Sitä minä ajattelin." "Kyllä... mutta tulemme pian kaupan pihaan, päästän sinut kyydistä ennemmin. Pyörähdä sieltä takakautta huoneeseesi. Levähtele loppupäivä, minä tuon sinulle ruokaa jossain välissä. Muista, että ei jäädä juttusille... ainakaan Tertun nähden."

Seuraavana päivänä töitä tehdessään Lotta kuvitteli mielessään elokuvia ja iltamia. Kaikkea mikä oli viisitoista vuotta täyttäneelle neitokaiselle kuuluvaa ja luvallista. Kaikenlaiset siivoukset kävi kuin leikki. Mutta asiakaspalvelussa oli kuunneltava asiakasta ja keskityttävä siihen. Silloin ei omille unelmille jäänyt aikaa. Lotta oli laittamassa essua työtakkinsa suojaksi. Sen etuosaa suoristaessa taskussa rasahti. Siellä oli paperilappu. Lotta kiirehti vessaan lukemaan sen.

"Tule takapihan ovesta, odotan entisessä paikassa tasan klo 21." Lotta tuijotti lappua ikään kuin kysyäkseen mitä se tarkoittaa.

Lääkärin vastaanotto ei voi olla illalla. Mistähän tässä on kysymys, päätteli Lotta. Lapun tuijottaminen ei antanut vastausta, eikä lappua voinut sen kauemmin säilyttää. Se oli revittävä pieneksi silpuksi, ja vedettävä viemärin nieluun.

Iloisin mielin alkanut työpäivä oli hetkessä muuttunut ahdistavaksi. Kauppiaspariskunta tuntui välttelevän toisiaan. Asiakkaita kävi vain muutamia ja tuntui, kuin nekin olivat yhtäkkiä tulleet tyytymättömiksi taloon ja palveluun. Lotta tunsi tukehtuvansa. Oli pakko päästä pois. Samassa hän keksi sanoa Terttu-rouvalle: "Voisinko pestä näyteikkunat ulkopuolelta nyt kun on hiljaisempaa?"

Rouva mutisi sen käyvän ja se riitti Lotalle. Hän laittoi pesuvälineet ja vedet nopeasti, ja kantoi osan tarvikkeista ulos. Varsinaista ikkunainpesua valmistellen hän puhdisti ensin ikkunalaudat. Ne olivatkin rapaiset, melkein maanpinnassa kun olivat. Tarvittiin lisää vettä ja pesuainetta, niitä oli haettava sisäpuolelta. Varmistaakseen esteettömän kulun ämpäreidensä kanssa Lotta oli laittanut puunpalan ulko-oven reunan alle. Sisältä kuului Terttu-rouvan ääni. Lotta pysähtyi ovelle. Hänen ei ollut tarkoitus kuunnella, mutta rouvan ääni kuulosti yhtä pelottavalta kuin äitipuolen ääni joskus aikoinaan.

"Onko meidän Vilholle noussut taas entinen tauti pintaan? Ethän vain Lottaa? ... Sinulla ei tainnut pysyä mielessä, että olet jo saanut viimeisen varoituksen. Olen lukenut merkkejä jonkin aikaa, ne ovat samat kuin ennen. Nyt sinulla on tilaisuus puhua, kun Lotta on ulkona. Muuten kysyn häneltä, mitä on menossa."

"Ei ole menossa, eikä tulossa! Olin hiljaa miettinyt,

miten saisin Lotan käymään kotonaan. Tarkoitukseni oli puhua siitä ensin hänelle ja sitten sinulle. Käyttäisin häntä siellä. Minusta on väärin häntä ja kotiväkeä kohtaan jos en auta heitä sopimaan asioitaan.”

”Kun sinulla on mielessä noin jalo ajatus, niin voimme sen toteuttaa kolmisin sinä minä ja Lotta. Vaikka ensi sunnuntaina, kun lapset ovat tätinsä luona. Mitä sanot?”

”Olin ajatellut, että kävisin ensin Lotan kanssa. Säästäisin sinut siltä hässäkältä. Siellä kun tuntuu olevan vaikka mitä. Se äitipuoli on varmaankin mielipuoli ja tuntuu kääntäneen Lotan isänkin samanlaiseksi. En tiedä onko isää olemassakaan. Haluaisin katsoa asian perin pohjin. Näin näkisin voimmeko luottaa koko tyttöön.”

”Milloin sinä olet kuullut Lotan elämän historiikin tuollaisena? Olin mukana kun puhuimme sen opettajaperheen kanssa. Lotta oli menettänyt äitinsä jo pienenä, isä oli joutunut sotaan ja tyttö lastenkotiin. Sitten johonkin hirveään perheeseen. Isän palatessa sodasta hän toi tullessaan sen pahan äitipuolen. Muistatko? Epäilen, että nyt ei olekaan kysymys tästä asiasta.”

”Terttu. Olen puhunut Lottaa hoitaneen lääkärin kanssa. Hän sanoo, että tyttö keksii omiaan. Ne ovat jotain hallusinaatioita. Opettaja on uskonut ne jutut täydestä ja uskotteli meillekin. Minä tiedän miten asiat ovat ja olisin kyllä kertonut sinullekin. Mikä tuo oli?"

Ovella kolahti. Lotta kaatui ämpäreineen suoraan myymälän lattialle. "Mitä opettaja sanoi? Mitä sanoi?", hän soperteli kasvot kalpeana. "Autetaan hänet tuonne toimiston sängyn päälle. Nosta sinä Terttu jaloista. Ei ole mitään hätää Lotta. Lepää vain. Silittelen sinua. Sattuuko sinuun, kerro mihin sattuu? Yritän tehdä kuin lääkäri neuvoi."

Kauppias oli selvästi jännittynyt ja peloissaan. Rouva siirtyi lähemmäksi miestään kuunnellen tämän hengitystä. "Tuleeko tässä kaksi potilasta", hän mutisi itsekseen. "Kovin on kaunista ja tunteikasta tuo tytön hieronta, taitaa minullakin silmät kostua."

Tertun ivailu loppui alkuunsa. Asiakas oli tullut huomaamatta myymälään, ja seisoi nyt aivan rouvan vierellä. "Mitä on tapahtunut? Onko tyttö pyörtynyt? Ihmettelin, kun ikkunanpesuvehkeet ovat hujan hajan eteisessä ja lattialla kelluu vesi." "Emme oikein tiedä, tytöllä on varmaan jokin kohtaus. Vilho yrittää auttaa häntä."

"Lottahan se on! Hän on niin suloinen tyttö, koko kylä ihailee häntä. Saanko tunnustella Lotan pulssia?"

"Toki, se on hyvä asia, tehän olettekin sairaanhoitaja ja osaatte tämän. Terttu hoidatko sinä ne pesuvehkeet pois sieltä lattialta."

Hoitaja tunnusteli Lotan pulssia ja kuunteli sydänääniä huolestuneen näköisenä.

"Hyvin epätasaista. Avataanpa enemmän näitä vaatteita. Pää ylemmäs, kengät pois ja rento asento koko keholle. Haetko Vilho lasillisen kylmää vettä ja kylmän kostean pyyhkeen, laitetaan se otsalle."

"Se opettaja puhui totta", Lotta nosti päätään, ja hihkaisi kuin viime sanoikseen vaipuen takaisin tyynylleen.

"Siitä ei ole epäilystä Lotta pieni. Tästä saat kulauksen raikasta vettä. Hyvä, ja sitten pää tyynylle ja kylmä pyyhe otsalle", sanoi hoitaja silitellen Lottaa.

"Mutta mitä kauppias sanoi rouvalle?", tuli Lotalta tukahtuneella äänellä, ja samassa hän vaipui takaisin tyynylle.

Kauppias seisoi hämillään ja mutisi menevänsä töilleen. "Hetki vielä. Vilho, mistä tässä oikein on kysymys?", sanoi hoitaja. Sinä tiedät niin kuin minäkin, että Lotta potee lapsuuden traumojaan, joista toipuminen vie useita vuosia parhaimmissakin olosuhteissa. Pienikin pettymys tai epäluulo voi romuttaa kaiken".

"Mistä sinä tiedät nämä Lotan asiat", tuhahti Vilho tuskastuneena.

"Kauppias ei nyt kiihdy aiheetta. Lotan suhteen on kysymys hoitosuhteesta, ei mistään erikoistapaamisesta. Ja mistä tiedän? Etkö tosiaan ole huomannut, että olen sen lääkärin sihteeri, jonka luona olet Lotan kanssa käynyt. Niissä käyntikutsuissakin on minun nimeni. Muuten, miksi et ole vastannut kahteen viimeisimpään kutsuun?"

"Mihin meidän Vilhoa on kutsuttu?", kysyi Terttu, joka oli seurannut Vilhon ja hoitajan keskustelua toimiston oven raosta.

Hoitaja huomasi, että kauppiasparin kesken oli sähköä ilmassa. Hän pyysi, että rouva päivystäisi hetken Lottaa, ja hän tekisi sillä aikaa kauppiaan kanssa ostoksia. Terttu-rouva oivalsi, että häneltä on salattu, tai aiottiin salata, jotain sellaista mikä koskisi myös Lottaa. Hän puisteli Lotan käsiä ja jalkoja, ja hoki hiljaa tämän korvaan: "Virkoa nopeasti, nouse ylös, hiivitään hiljaa kuuntelemaan".

Lotan mielessä kävi häivähdys lapsuudesta, jossa hän hiipi kuuntelemaan salaa isän ja äitipuolen keskusteluita. Hän nousi äänettömästi kuin aave ja oli myös ulkoiselta olemukseltaan aaveen näköinen. "Valmis", tuli vaimeasti hampaiden välistä. Hän hiipi rouvan johdattamana puolittain tiedottomassa tilassa, tietämättä mihin mennään ja mitä kuunnellaan. Mutta Kauppiaan ja hoitajan välinen keskustelu oli juuri päättynyt.

Yksi vaikea päivä Lotan elämässä oli päättymässä. Nyt oli ilta ja oli lupa levätä. Hän makasi väsymyksestä velttona omalla vuoteellaan miettien mitä päivällä tapahtuikaan. Näyteikkunan pesun aloitus palautui mieleen, mutta kaikki muu oli hämärän peitossa. Nopeasti häivähti muistikuva, että hänen käskettiin mennä omaan huoneeseen lepäämään, mutta miksi ja milloin? Ovelle koputettiin, ja kauppias astui huoneeseen. "Tulin katsomaan miten voit ja samalla selitän nopeasti kuinka menemme tästä eteenpäin, kauppias supisi. Terttu on tullut epäluuloiseksi. Sitä on vaikea selittää tässä ja nyt. Ajattelin, että vien huomen illalla sinut elokuviin, saat sen jälkeen jäädä tansseihin aikuisten nuorten joukkoon. Puhun sitten matkalla enemmän. Laitan viestilapun sinun työessun taskuusi. Hei sitten" hän kuiskasi ovella mennessään.

Aikuisten-nuorten joukkoon! Nuo kolme sanaa tulivat kuin tulikirjaimilla kirjoitettuina Lotan näkökenttään. Olkoon huominen päivä kuinka vaikea tahansa jaksan sen, kun pääsen illalla toisten nuorten joukkoon. Kuitenkin on niin, että Vilho-kauppias on ainut ihminen, joka ajattelee minun parastani ja häneen voin luottaa.

Aamuaskareiden jälkeen Lotta sonnustautui mennäkseen myymälän puolelle. Työessu oli naulassaan, mutta se roikkui jotenkin oudosti. Ja oli niin kärsineen näköinen. Lähempää katsoen Lotta huomasi, että siitä oli repäisty taskut irti. Ompeleiden paikalla oli nyt reikiä ja langan pätkiä. Lotan kurkottaessaan ottamaan essua, hän huomasi rouvan seisovan hämärässä nurkassa naulakon sivulla. "Onko sinun postitaskut hukassa? Onko kenties kirje kadoksissa? Mitä peliä sinä Vilhon kanssa pidät? En olisi sinusta uskonut! Luulin, että olet niin luotettava kuin opettaja puhui. Pitääkin käydä rouva -opettajan puheilla tästä ihanasta Lotasta. Ja sen jälkeen pistäydyn vierailulla kotonasi. On aivan oikein, että hekin saavat tietää, että kerrot täällä kotiväkesi sinua muka hakanneen."

Vilho oli palannut asioiltaan Ja kuuli jo autosta ulos tullessaan Tertun viiltävän äänen, ja arvasi mitä on tapahtunut. Hän harppoi pitkin askelin sisälle, ja ehti täpärästi tapahtumapaikalle. Hän sieppasi Lotan kuin ilmasta kiinni, ettei hän kaatuessaan löisi päätään kakluunin erkkeriin.

Hän kantoi puolitajuttoman tytön autoonsa, ja ajoi suorinta tietä sille lääkärille, jonka vastaanotolla he olivat käyneet.

Lääkäri otti Lotan heti vastaan. Potilas istutettiin pehmeään tuoliin lääkäriä vastapäätä ja Vilho hänen vierelleen. Ensin hän kyseli Lotalta aivan jokapäiväisiä asioita, ja siirtyi sitten sairauteen liittyviin kysymyksiin. Potilas ei osannut vastata niistä ensimmäiseenkään. Hän oli täysin omassa utuisessa maailmassaan, jossa ajoittain näkyi kaksi mieshahmoa, jotka näyttivät aukovan suutaan kuin puhuakseen, mutta äänet eivät Lotan korvat kuuluneet.

IV LUKU
KUUSAMO 1954

Lotta pääsi neurologiselle osastolle tutkimuksiin, joiden avulla voitaisiin selvittää vaivojen syy ja varsinainen hoito. Tilanne oli ongelmallinen. Vilhon kertoman mukaan ei mitään poikkeavaa pitänyt olla. Kaikki oli hänen mukaan tehty ja toimittu ohjeiden mukaan. Lääkäri vaistosi, ettei kauppias puhunut totta, mutta jätti sen sanomatta. Hänen tietoonsa oli saatettu, että Vilho ei ole vastannut kahteen viimeisimpään kirjalliseen kyselyyn, jotka koskivat niin sanottua kotihoitoa, jonka vastuuhenkilöksi kauppias oli omaehtoisesti ilmoittautunut. Lisäksi lääkärin sihteeri oli kertonut tapahtumista Vilhon kaupalla. Hän oli sattunut asiakkaana paikalle,, kun Terttu-rouva oli hermostunut ja huutanut hyvin loukkaavaa miehestään. Tuo kaikki koski myös Lottaa. Silloinkin Lotta sai kohtauksen, mutta selvisi siitä aika nopeasti.

Lääkärit keskustelivat Lotan tilanteesta. Ensimmäisen viikon aikana suoritetut tutkimukset eivät osoittaneet syytä potilaan tämänhetkiseen tilaan, joka oli todella huolestuttava.

Lotta makasi edelleenkin ilmeettömänä, poissaolevana ja puhumattomana. Vähäinen liikkuminen, kuten pesulla ja vessassa käynti näyttivät olevan hänelle hyvin vastenmielisiä. Puheterapeutti ei saanut

Lottaa puhumaan, eikä ruokakaan maistunut. Lotta reagoi vain kun naishoitaja tuli huoneeseen. Silloin hän liikehti koko kehollaan ja nosti kätensä kuin puolustusasentoon. Hoitajat kertoivat huomionsa lääkärille ja yhteinen johtopäätös oli, että Lotan tähänastinen niin sanottu kotihoito oli epäonnistunut. Nyt päätettiin aloittaa aivan uudenlainen hoito, mikä estäisi potilaan pelkotiloille altistumisen.

Hoitajaksi valittiin nuori mieshoitaja, ja hänen tehtäväkseen annettiin kaikki päivittäiset Lottaa koskevat tehtävät. Ajatuksena ja toiveena oli, että Lotta uskaltautuisi ehkä paremmin luottamaan yhteen miespuoliseen henkilöön kuin useaan naishoitajaan. Miespuoleiset henkilöt, opettaja ja kauppias olivat sairauskertomusten mukaan olleet hänen ainoat luotetut henkilöt tähän mennessä.

Seuraavasta aamusta alkaen Pauli oli Lotan omahoitaja.

Osaston aamu alkoi lääkkeiden jaolla. Paulin lääketarjottimella oli vain Lotan lääkkeet. Hän asteli reippaasti Lotan huoneen ovelle, kopautti sormellaan pari kertaa ja astui sisään. "Hyvää huomenta Lotta! Tässä tulee aamulääkkeesi. Oletko hereillä?"

Lotta makasi kylkiasennossa liikahtamatta, täysin ääneti ja ilmeettömänä, kasvot tulijaan päin. Pauli laittoi lääkemukin Lotan yöpöydälle. Otti siinä olleen juomalasin käteensä, ja sanoi iloisella äänellä: "Haen sinulle juotavaa. Haluatko raikasta vettä vain mehua?"

Pienen hetken jälkeen tuli vaimea vastaus: "Mehua kiitos."

Paulin teki mieli huutaa ääneen: "Lukko on auki!". Hän teki mielessään johtopäätöksen, että Lotta ei luottanut naishoitajiin. Tästä on hyvä aloittaa, hän tuumi. Minun pitää tutustua Lotan sairaskertomukseen tarkemmin. Jos olettamukseni on oikean suuntainen, voin keskustella siitä lääkärin kanssa ja voimme tehdä henkilökohtaisen hoitosuunnitelman.

"Tässä tulee sinulle höyryävä aamiaispuuro lisäkkeineen. Syötkö sen mieluummin marjakeiton vai voisilmän kanssa? Voipala on mukana, mutta sopan haen keittiöstä."

Lotta oli noussut istumaan sänkynsä laidalle Paulin palatessa.

"Hienoa. Olet pirteän näköinen siinä istuessasi. Tässä on hyvää marjakeittoa ja tässä keitetty muna. Ja muutama keksi on minulla tässä taskussa. Kahvin kanssa tulee vaniljajäätelöä. Sitä ei anneta kenellekään toiselle, vain sinulle Lotta tässä talossa", Pauli julisti kasvot hehkuen. "Syö nyt rauhassa, tuon jäätelön ja kahvin vähän myöhemmin."

"Kiitos... Pauli! Onhan sinun nimesi Pauli? Miksi hemmottelet näin minua?"

"Minä olen sinun henkilökohtainen hoitajasi. Haluatko olla ykköspotilaani?"

"Kiitos, mielelläni, mutta olen nyt väsynyt."

Tuhti aamupala vaati kunnon levon. Lotta nukkui tyytyväisen näköisenä. "Noin rauhallisesti hän ei ole nukkunut yhtään kertaa tämän reilun viikon aikana, jonka on osastolla ollut", tuumi Pauli mielessään, ja silmäili suojattiaan potilashuoneen oven raosta. "Minun on lupa uskoa, että Lotan mielen lukko on auki, tästä on hyvä jatkaa." Lounastarjotinta viedessään Pauli koki saman iloisen yllätyksen kuin aamulla. Lotta istui sänkynsä reunalla jalkojaan heilutellen. Pauli siirsi ensin pöydän ja tuolin, sitten ruokatarjottimen sanoi, "hyvää" ja nosti lämpökuvun. "Kun syöt reippaasti tämän herkullisen annoksen, niin tuon taas erikoisjälkiruoan, jota saavat vain kiltit tytöt" ja kääntyi pois silmää iskien.

Lotta söi hyvällä ruokahalulla lähes kaiken, mitä tarjottimella oli. Pauli täytti lupauksensa ja pian hän tuli huoneeseen iloisesti hyräillen kerroskiisselipikaria kädessään pidellen.

"Mitään noin kaunista syötävää en ole koskaan nähnyt. Onko se syötävää?" Lotta ihmetteli.

"Kyllä ja se on syötävän hyvää, jota saavat vain harvat ja valitut."

"Miksi sinä olet noin kultainen ja niin hyvä minulle?"

"Ei ole mitään jakoa ihmisten, siis potilaiden välillä tavallisesti, mutta sinun nopea toipumisesi kosketti minua aivan erikoisesti. Tunnen onnistuneeni työssäni, ja olen siitä todella iloinen. Haluan tutustua sinuun paremmin. Työvuoroni päättyy kello 14, lähtisitkö silloin kanssani alakerran kahvilaan, voisimme jutella rauhassa."

"Mielelläni, jos sinä viitsit nähdä tuon vaivan. En ole käynyt kertaakaan osaston ulkopuolella. Osaankohan edes kävellä enää."

"Älä mieti tuollaisia, kyllä minä kannan jos tarve tulee."

"Kiitos lupauksestasi."

Ruokatarjotinta pois hakiessaan Pauli viivytteli tahallisesti siirrellen pöytää ja tuolia useampaan kertaan.. Lotta oli seurannut Paulin ilmeitä ja turhia pöydän siirtoja. Hän yllätti puheellaan.

"Olet arvioinut tilanteeni aivan oikein. On oikea aika nousta ylös muutoinkin kuin sängystä. Tunnen, että voin luottaa sinuun. Minun on saatava puhua ja kysyä neuvoja. Sanon tämän siksi, että voit vielä miettiä ja

peruuttaa ne treffit." "Miksi minä sen tekisin? Päin-
vastoin. Kahvireissumme on päänavaus ystävyydel-
lemme, josta toivon tulevan pitkän ja antoisan meille
molemmille."

Lotta ja Pauli istuivat kahvilassa eloisasti jutellen.
Pauli aloitti kertomalla vaikeista vuosistaan lapsuus-
kodissa ja sen jälkeen erilaisissa hoitokodeissa.

"Lapsena oli tuskallista olla vaiti, piilotella suku-
laisilta isän ja äidin juomista, kodin rikkinäisyyttä ja
puutteita. Isommaksi tultuani kerroin kyllä, mutta
sitä ei kukaan uskonut. Sanoivat minun yrittävän
peitellä omia kolttosiani ja laittavani ne vanhempien
päähän. Kerron tämän sinulle heti alkajaisiksi, että
ymmärtäisit ja itsekin paremmin ymmärtäisin, miten
ja miksi koen sinussa kohtalonyhteyden."

"Se on varmaan jokin ylimääräinen aisti, jonka
minäkin olen tuntenut... sinua kohtaan. Kun kerroit
nuo ääriviivat lapsuudestasi, ymmärrän kuinka tuo
yhteys on syntynyt aivan tietämättämme. Lienee niin,
että me lapsena tallautuneet viestimme olemuksel-
lamme ja käytöksellämme jotain toisillemme. Olkoon
se mitä tahansa, meidän välillä se toimii hyvin."

Kahvilareissu antoi Lotalle paljon uutta ajateltavaa.
Oli lohdullista huomata, että on olemassa ymmärtä-
viä kohtalotovereita, jotka kuuntelevat ja ymmärtä-

vät. Kahvilan pöydästä katsellessa huomasi, kuinka kaikilla on omat vaivansa, jopa niilläkin, jotka siellä kävivät omaisiaan katsomassa. Erityisesti Lottaa puhutteli muutamien potilaiden yksinäisyys, varsinkin pyörätuolissa istuvien, jotka näyttivät valuvan kasaan kuin peläten häiritsevänsä lähimpänä istuvaa kahvila-asiakasta.

Pauli käytti vapaan iltapäivän miettien ja suunnitellen Lotan jatkohoitoa. Hänelle oli aivan selvää, että Lotta toipuu nopeasti, eikä ole montakaan päivää osastolla. Lotan elämää ei saa jättää tyhjän päälle, se oli hänelle selviö. Lottaa on ohjattava ja tuettava juuri nyt. Hän teki suunnitelman ja päätti esittää sen aamulla osaston lääkärille.

Ennen varsinaisen työvuoronsa alkua Pauli pyysi päästä lääkärin puheille. Hän esitteli kokemuksensa ja näkemyksensä Lotan nopeasta toipumisesta, ja kysyi lääkäriltä:

"Voimmeko me auttaa häntä normaaliin elämään, niin etteivät hänen päivänsä täyttyisi lappujen täyttämisestä, työn ja asunnon etsimisestä?"

"Onko sinulla ajatuksia siitä?", lääkäri kysyi.

Paulin suunnitelma oli täydellinen. Lotan tarvitsisi olla osastolla enää muutama päivä. Hänet kotiutettaisiin hoitohenkilökunnanasuntolaan, jonka yhteydessä hän saa sopivassa määrin kuntoutusta. Kuntoutusaikana hänelle järjestetään paikka sairaala-apulaisen koulutukseen, jolloin työharjoittelu olisi tällä osastolla. Ja Lotasta tulee loistava sairaanhoitaja, olen varma siitä. Lääkäri hyväksyi Paulin ajatukset Lotan tulevaisuudesta.

Lotta nautti uudistuneesta elämästään viihtyisässä yksiössään. Paulin suojelevassa hoivassa hän kuntoutui nopeasti. Tähän asti kaikki oli tapahtunut Paulin laatiman "lukujärjestyksen" mukaan, jossa pääaineina vuorottelivat henkinen ja fyysinen jumppa. Niiden välissä luova tauko tai täydellinen lepo. Päivät alkoivat ja päättyivät ulkoiluun, Paulin ohjauksessa nekin, jos hänen oikeat työvuoronsa antoivat siihen mahdollisuuden.

Ensimmäiset luovuuden tauot, niin kuin Pauli niitä nimitti, tuntuivat Lotasta melkein mahdottomilta. Palapelit ja muistikokeet olivat ennestään tuttuja, niistä hän ehkä olisi selvinnyt, mutta Paulin opin mukaan luovuus aloitettiin kirjoittamisella. Ensin muutaman rivin tekstejä, sitten vähän pitempiä, jotka saivat olla mitä tahansa juttuja, joille naurettiin yhdessä ja paperit heitettiin roskakoriin. Sen jälkeen astuivat vuoroon yhdensivun mittaiset tarinat, joilla jokaisella oli jokin nimi. Se oli Lotasta tosi vaikeaa.

Harjoitus tekee mestarin, oli Paulin motto, ja se toimi myös Lotan kohdalla. Tarinat vapautuivat ja saivat lisää pituutta. Taas oli aihetta iloita onnistumisesta.

Siirryttiin seuraavaan vaiheeseen. Nyt aiheena oli "Lastuja omasta lapsuudesta." Näitä lastuja vuolivat molemmat. Ne saivat olla minkä mittaisia tahansa, vaikka vain kaksi riviä. Seuraava juttu kirjoitettiin seuraavalle sivulle. Vajaata sivua saattoi täydentää milloin tahansa sitä mukaa kuin muisti tai osasi.

Sairaala-apulaisten koulutuksen alkuun oli vain muutama päivä aikaa. Lotta mietti miten hän selviytyy siitä heikolla koulupohjallaan ja olemattomalla työkokemuksellaan. Pauli vaistosi suojattinsa ajatukset ja otti asian yllättäen puheeksi. "Jos mielessäsi pyörii pienikin epäilys, kuinka selviydyt kurssista, tai väheksyt henkisiä taitojasi asiakkaan/potilaan kohtaamisessa, niin ne ovat täysin turhia." "Kuinka sinä voit uskotella minulle noin? Ethän sinä tunne minun sisintäni." "Lotta kulta, minä tunnen sinut. Kirjoittamasi Lastut lapsuudesta kertovat sinusta enemmän, kuin puhuen voisi sanoa. Varsinkin ne osat, jotka olet kirjoittanut asunnossasi yksin ollessasi. Sinulla on henkistä voimaa, tervettä kunnianhimoa, ja taito katsoa ihmisistä ohi silloin kun kohti katsominen satuttaa. Osaat kuunnella ja sovittaa asiat niille kuuluviin paikkoihin, ja jaksat uskoa, että sateen jälkeen on aina pouta."

Lotta kuunteli Paulia liikuttuneena. Mutta lopuksi hänet valtasi täydellinen tunneryöppy. Vain vaivoin hän sai sanotuksi: "Sinä tulit pitkän sateen jälkeen. Sinä olet pouta!"

"Sateesta ja poudasta" seurasi syvällinen, tunteikas keskustelu, joka päättyi kuin ystävyysjulistukseen. Peukalonpäät vastakkain, ääneen lausuen: "Olemme ikuisia ystäviä."

Keskustelunsa aikana he kävivät läpi pala palalta, vuosi vuodelta sen mitä muistivat, tai olivat oivaltaneet. Molempien muistikuvat olivat aikajaksoltaan lyhyitä ja hataria, kuin palapeli, jossa palat ovat hukassa. Hukkaan joutuneiden palojen löytymisessä auttoi kertojan vaihdos. Mikä Lotalta puuttui, löytyi Paulilta, vaikka heidän lapsuutensa olivat täysin erilaiset ja aivan eri paikoissa. Paulilla oli aluksi molemmat vanhemmat. Lotalta otettiin kovin aikaisin äiti ja sota vieroitti isän hänen elämästään. He kohtasivat vasta äsken sairaalassa potilaana ja hoitajana. Mutta kuitenkin heistä tuntui kuin he olisivat kulkeneet aina samaa polkua, vuoroin peräkkäin ja vierekkäin.

"Lämmön ja rakkauden jano ja lapsikiertolaisena

eläminen, lisäksi pahoinpitelyt ja pilkkaamiset. Paljon olemme kestäneet kumpikin tahoillamme." päätteli Pauli.

"Se lienee elämänoppikoulu. Osaisiko joku sanoa olemmeko nyt sen kokonaan suorittaneet ja saammeko siitä päästötodistuksen", tuumi Lotta.

"Sitä en tiedä, saako menneistä todistusta, mutta tästä saa, tämä on sinun tulevaisuuttasi. Tässä ovat hakukaavakkeet apuhoitajakoulutukseen. Sen voit suorittaa osin tässä asuen. Sekä opiskelu että työharjoittelu tapahtuvat tässä tutussa ympäristössä. Mitä sanot?"

"Voisiko suuri unelmani toteutua? Ei se ole mahdollista, minulla ei ole varaa, edes tähän asuntoon."

"Kaikki on hoidossa. Ylilääkäri on hyväksynyt suunnitelmat. Tämä sairaala hoitaa kaiken. Sinulla on mahdollisuus jatkokoulutukseenkin. Ainoa vaatimus on, että sitoudut työskentelemään tässä sairaalassa muutaman vuoden."

"Tietenkin, aivan luonnostaan, ilman sitoumustakin. Tämä talo on ensimmäinen oikea kotini. Kuulostaa varmasti hullulta, mutta niin vain on. Opettajaperheessä ollessani en vielä uskaltanut ottaa vastaan, enkä luottaa keneenkään. Siihen mennessä koetut kauhut oli niin pinnassa, olin niiden vallassa vielä täysin. Usein vieläkin mietin, miksi olin niin varautunut kauppiasta kohtaan. Suorastaan pelkäsin niitä lääkärireissuja."

"Pelkosi ei ole ollut turha, sen voin nyt sanoa. Sinun itsesuojeluvaistosi on toiminut hyvin. Jatkossakin sinun kannattaa kuunnella sitä. Minun elämän myllyssäni ei ole itsesuojelu toiminut, ja sen puuttuessa olen uhmannut kaikkea. Olen juossut suinpäin, vaikka pää edellä kaivoon. Kasvatus, lämpö ja luottamus ovat tärkeimmät kulmakivet. Kun ne puuttuvat ei ole minkä päälle rakentaa. Ihmislapsesta tulee raunio jo pienenä."

Lotta suoritti tunnollisesti ja iloisin mielin oppikurssiaan. Kurssin kaikki opiskelijat olivat nuoria aikuisia, pääasiassa naisia, joilla oli selkeä päämäärä, suorittaa tutkinto ja päästä työhön. Oppitunnit olivat tiivistä yhteistyötä ja päivän päätteeksi riitti "huomiseen." Kenelläkään ei ollut tarvetta eikä halua jäädä utelemaan, mistä olet kotoisin tai jotain muuta kiusallista asiaa. Sellaisia asioita olisivat olleet utelut lapsuudesta ja kotielämästä. Ne asiat hän oli haudannut syvälle sisimpään, eikä halunnut puhua niistä muille kuin Paulille.

Paulin olemassaolo, rehti ystävyys ja huolenpito olivat Lotan mielestä kuin hänen salainen kätkönsä.

Aarre, jota ei kukaan saanut löytää, eikä sen arvoja tallata. Hän oli mielessään päättänyt, että olkoon Paulin menneisyys mitä tahansa, hän ei sitä mieti eikä tongi. Hän kunnioittaa ystäväänsä juuri sellaisena kuin tämä on hänen elämäänsä tullut. Pauli kävi tapaamassa Lottaa, joko asunnolla tai lenkillä, niin usein kuin heidän työnsä ja opiskelunsa myötä antoivat. Jokaisessa tapaamisessa keskusteltiin Lotan kurssiin liittyvistä asioista ja melkeinpä päiväkohtaisesti, mitä minäkin päivänä oli opiskeltu. Nuo pienet tentit olivatkin Lotalle mieleen ja tarpeen. Häntä ei yhtään harmittanut ettei mihinkään henkilökohtaiseen tyttö/poika juttuun jäänyt aikaa. Tapaamiset päättyivät aina ikuisten ystävien peukkujen valaan.

Kevät teki tuloaan. Lämpimät aurinkoiset päivät, ja parin viikon päästä olevat kurssin päättäjäiset loivat aivan uudenlaisen nosteen ja vahvuuden Lotan mielessä. "Tämä kevät on monellakin tapaa elämäni ensimmäinen kevät. Nyt on mistä riemuita. Kurssi on kohta suoritettu. Pian alkaa työharjoittelu ja saan pitää saman asunnon, tutut työkaverit ja Paulin. Toivottavasti myös Paulin", korjasi Lotta mielessään. Samalla hän tunsi aivan uudenlaisen lämpöaallon rinnassaan. "Pauli on ystäväni, ikuinen ystävä, en saa rikkoa tätä ystävyyttä itsekkäillä ja omistavilla ajatuksilla. En saa ajatella häntä poikakaverinani ainakaan vielä. Pyydänkin häntä mukaan kurssini päättäjäisiin. Siellä tanssitaan ja iloitaan. Olisikin iloa ilon päälle jos Pauli haluaisi olla enemmän kuin ystävä. Kun hän tulee käymään kerron päättäjäisistä, että hän tietää järjestää työvuoronsa hyvissä ajoin," mietti Lotta.

Ilta tuli, mutta Paulia ei kuulunut. Minkäänlaista viestiä ei tullut. Lotta mietti, mitä onkaan voinut tapahtua. "Harmi, etten ole kysynyt hänen asuntonsa osoitetta, enkä vuokraemännän puhelin numeroa, en tiedä hänen työvuorojaankaan."

Hän on käyttänyt kaiken vapaa-aikansa minun auttamiseeni. Olen tuon kaiken kuitannut peukalon painalluksella maksetuksi. Minkälainen, tai minkä arvoinen ystävä minä olen? Lotta valmistautui seuraavaan kurssipäiväänsä siirrellen vihkojaan laukusta pöydälle ja pöydältä laukkuun. Hän etsi vaatekaapista huomiset vaatteensa, viskasi ne sänkynsä päälle, ja laittoi ne kohta kaappiin takaisin. Mieli oli levoton koko päivän. Iltatee ja voileipä eivät maistuneet, peti tuntui muhkuraiselta, eikä uni tullut. Ajatus tuotti vain kolme sanaa, mitä on sattunut?

Kurssin päättäjäisiin oli enää viikko aikaa. Lotta oli turhaan etsinyt Paulia sairaalan käytäviltä vastaan tulevaksi. Hän muisti, että Pauli kävi usein juttelemassa osaston lääkärin kanssa aivan muuten vain, kuten hän sanoi. Jospa hän sattuisi olemaan siellä, aprikoi Lotta, ja asteli lääkärin toimistoa kohti. Käytävä oli aivan hiljainen, siellä ei liikkunut ketään. Lotta oli jo lähellä ovea, kun lukko rapsahti ja ovea avattiin aivan vähän. Hetkeä aikaisemmin huoneesta kuului kahdet askeleet ja kaksi hiljaa puhuvaa miesääntä. Lotta tunsi itsensä likaiseksi urkkijaksi ja kääntyi lähteäkseen. Lääkärin huoneesta tuli mies, joka samantien kutsuttiin takaisin. Miehen hahmo sujahti nopeasti takaisin sisälle ja sulki hiljaa oven. Mies oli Pauli.

Lotta seisoi nurkkauksen suojassa vielä hetken, ja lähti hiipien ulko-ovea kohti.

Onneksi Pauli ei nähnyt minua. Kyllä olisikin ollut nolo juttu jos hän olisi nähnyt, ja vielä nolompi jos tuo kiva lääkäri olisi tullut tietämään, että Paulilla on vakoileva tyttöystävä. Toivottavasti Pauli joskus kertoo mitä he nyt suunnittelevat. Tietenkin jonkun potilaan erikoishoitoa, niin kuin silloin minulle. Asunnolleen tultua Lotta mietti hetken mitä hän voisi tehdä vapaapäivänsä ajantäytteeksi. Tuhruinen sää ei houkutellut yksin lenkille lähtemään. Ovelta kuului nopea koputus, yhtä nopea avaus ja oviaukossa seisoi hengästynyt, punaposkinen Pauli. "Hei

Lotta, miten voit, onko kaikki hyvin?", hän puhui läähättäen. "Hyvin, ja nyt vielä paremmin, kun sinä tulit. On pakko halata sinua." "Älä tule lähelle, minulla voi olla myyräkuume, se tarttuu." "Oliko se jo viimeviikolla? Senkö vuoksi sinua ei näkynyt?" "Joo, olen ollut aivan petipotilas, kovassa kuumeessa reilun viikon." "Oletko käynyt lääkärissä?" "En ole liikkunut kämpältä mihinkään. Talon puhelimella olen hoitanut asiat." "Siitä tulikin mieleeni, missä sinä asut ja mikä on talon puhelinnumero, laitan muistiin." "Nyt en voi ... en jaksa ajatella, täytyy mennä... tulin vain ilmoittamaan."

Pauli katosi oviaukosta yhtä nopeasti kuin oli tullutkin. "Muista ne kurssin päättäjäiset!", Lotta huusi ulko-ovelta pimenevään iltaan.

Suunniteltu kaappien siivous ei sopinut tämän päivän pirtaan. Lotan mieli oli surullinen. Hän suri Paulin sairastumista ja vielä enemmän sitä, kuinka hän olikaan voinut ajatella Paulista jotain niin pahaa. Mennä nyt sairaalan käytävään lääkärin ovelle urkkimaan! Miesraukka on kuumeisena petipotilaana terveyttään uhmaten juoksee kenties mistä saakka kertoakseen, miksi ei ole voinut käydä. Myyräkuume on tarttuvaa. Hän ei kertonut osoitettaan kun tiesi, että kuitenkin menisin sinne ja saisin taudin. Mutta lääkärin toimiston ovella oli Pauli. Miksi hän kielsi ottaneensa mitään yhteyttä sairaalaan? Varmaan siksi, ettei pääse tieto ja pelko tartunnasta henkilökunnan keskuuteen. Toisten suojelua sekin, kuittasi Lotta.

Päättäjäisten illanviettoon oli varattu pieni tunnelmallinen ravintola. Lotta valmistautui elämänsä ensimmäiseen illanviettoon sekavin ajatuksin. Tuttujen kurssilaisten kesken yhteisestä saavutuksesta riemuitseminen tuntui erityiseltä onnelta joka on sekä oma, että yhteinen yhtä aikaa. Mutta Paulin puuttuminen joukosta sai Lotan riemuun surullisen sävyn. Miksi hänen piti juuri nyt sairastua? Ja vielä sellaiseen tautiin, jossa en mitenkään voi häntä auttaa, ei edes juomamukin vertaa. Hän on ainoa todellinen ystäväni. Olisin toki halunnut esitellä hänet toisille kurssilaisille. Ja minulla olisi siihen todella aihetta. Se on Paulin ansiota, että seison nyt tässä. Miksi meitä näin rangaistaan?

Alkuillan ohjelma meni ohi Lotan silmiltä ja korvilta. Nyt oli tanssin aika. Kolmen miehen trio oli ilmestynyt lavalle, ja käheä miesääni lauloi "Tule hiljaa". "Minä tulin aivan hiljaa. Saanko luvan", sanoi mies melkein Lotan korvaan. "Kiitos. Toki. Olen huono tanssimaan, en ole..."

Lotta ei ehtinyt lausettaan loppuun sanoakseen ettei ole koskaan tanssinut. Eikä sitä tunnustusta enää kaivattu. Siitä tuli nopeasti täysin merkityksetön. Pian hän tunsi keinuvansa tanssittajansa käsivarsien suojaamana, notkeana ja varmoin askelin. Aivan kuin he olisivat aina työkseen tanssineet.

"Minä olen Veijo ja sinä olet Lotta", sanoi mies vähän kiusoitellen. "Tämä oli ensimmäinen tanssimme. Mutta nyt alkaakin Satumaa... menemme sinne tanssimalla, eikö niin?"

Lotasta tuntui kuin pitkän myrskyisän yksinpurjehduksen jälkeen olisi löytynyt rauhan satama, jossa sai hetkeksi unohtaa kaiken, jopa omat ajatuksensa.

"Pidämme pienen tauon", orkesterin solistin ilmoitus sai heidät havahtumaan.

"Mentäisiinkö ulos happihyppelylle, mitä sanot? Keväisen illan viileys tekee hyvää, vaikka se vähän kirpaiseekin. Saamme rauhassa jutella jaloitellessamme."

"Sinä olet siis Veijo, mutta mistä tiesit että minä olen Lotta?"

"Olen edellisen vuosikurssin oppilas, nyt olen työssä sillä osastolla, jossa sinä olit potilaana. Ja sinäkin olit Paulin potilas."

"Sinä olet kuin vanha tuttava, jota en ollut koskaan

nähnyt!"

"Riittää, että minä olen nähnyt sinut, silloin ja nyt."

"Mutta oletko nähnyt Paulia? Onko hän vielä sairaana?"

"Olen nähnyt, mitä tarkoitat, hänkö sairaana?"

Samassa Lotta muisti, että Paulin sairaudesta pitää olla vaiti. Veijokaan ei näköjään tiedä, hyvä niin. Ilta oli kulunut aivan liian nopeasti. Puheet ja pienet keskusteluhetket opiskelukavereiden kanssa ennen tanssia pyyhkiytyivät Lotan mielestä kuin kengät kynnysmattoon. Mielessä oli ainoastaan Veijo. Mies jonka kanssa hän tanssi koko illan! Illan päätteeksi Veijo saattoi hänet asunnon ulko-ovelle syleili, ja kiitti kohteliaasti. Lotta piteli Veijon kädestä puoli-väkisin viivyttääkseen tämän lähtöä, kuin odottaen vielä jotakin.

"Tapaammeko me... kenties... milloin?", soperteli Lotta.

"Huomenna iltapäivällä, jos sopii. Huomenna saan tietää siirretäänkö minut töihin toiseen sairaalaan. Oletko illalla vapaana?"

"Voi ei, eivät saa siirtää sinua!"

"Olen itse anonut siirtoa ja se asia käsitellään huomenna."

Lotasta tuntui, kuin olisi kesken kesähelteen

pudonnut jäiseen avantoon. Veijo huomasi hänen olemuksensa muutoksen, hän siirtyi lähemmäs, avasi takkinsa ja vetäisi Lotan lähelleen.

"Lotta kulta, en tarkoittanut olla töykeä. En vain keksinyt miten hoitaisin tämän asian. Hakiessani siirtoa, olin lopen kyllästynyt koko seudun tylsyyteen. Tavattuani sinut olisin voinut vaikka perua hakemukseni."

"Minä ymmärrän, ainakin luulen ymmärtäväni. Odotetaan huomisen päivän viesti. Puhutaan sitten ja katsotaan miten kohtalo meitä kuljettaa. Kiitos että kerroit."

Asunnossaan Lotta heittäytyi selälleen sänkynsä päälle. Mielessä kiersi kysymys "Missä Pauli on?" Miksi hän ei ole ottanut mitään yhteyttä? Olenko ollut taakkana hänelle? Eikö hän halua enää olla pelkkä ystävä? Aivan kuin Pauli olisi tehnyt tilaa Veijolle... Entäpä, jos Veijo siirretään? Mitä tämä on? Kuin en itse saisi tai voisi päättää elämääni kuuluvista asioista. Miksi ilon ja onnellisuuden tunne on aina niin lyhytaikainen? Huomiseen, jaksan odottaa huomiseen. Toivottavasti siitä tulee hyvä päivä.

Veijo mietti omassa sängyssään lähes samoja asioita. Huomisen huostaan, ja huomenna päätettäväksi hänkin jätti kaiken muun, paitsi Pauliin liittyvä asia. Se hänellä on oltava aivan selkeänä ennen huomista tapaamista. Oli miten oli, totta on puhuttava, on vain katsottava sopiva aika asialle. Lotan mieltä en saa pahoittaa. Jospa siirtoanomukseni on hylätty.

Seuraava aamupäivä oli Lotan mielestä käsittämättömän pitkä. Se tuntui ainakin kahdelta täydeltä työpäivältä. Ja tehdyillä töillä mitattuna se olikin niin. Tuli purettua koko vuoden kertymä monenlaisesta turhasta, joita oli siirtänyt viikosta ja nurkasta toiseen ajatuksella, kyllä minä sitten. Tuossa ne nyt tollotti keskellä lattiaa mustassa jätesäkissä. Työ oli vaivan arvoinen, siitä seurasi itselle palkkiona hyvä mieli. Vieläkään kello ei ollut tarpeeksi paljon, kokous ei ole vielä ollut. On tehtävä jotain sellaista, joka pitää ajatukset pois Veijosta ja hänen mahdollisesta siirrostaan. Ulkoeteinen ja rappuset niihin sai pureutua täysin voimin oikein kuurausharjan kanssa koko kehon energialla.

Pihalla liikkui naapurin väkeä ensin isäntä sitten emäntä. Kumpikin huuteli vuorollaan: "Komea päivä, ja puhdasta tulee". Mutta kumpikaan ei sytyttänyt Lotassa sympatiaa, mieli teki hihkaista: "Antaa vetää vain!"

Viimein näkyi tiellä mieshahmo. Tulija heilutti kättään. Se on Veijo, nyt hän tulee! Lotan sydän teki monta ylimääristä volttia.

"Odotin sinua. Mennään sisälle ja puhutaan siellä."
"En ehdi nyt ottaa kenkiäkään jalasta, karkasin kahvitauolla tänne", Veijo läähätti. "Tulin pikaisesti kertomaan, että minua ei siirretä. Pauli oli myös anonut siirtoa, ja hän sai tuon paikan." "Eikö Pauli ole enää sairaana? Näitkö sinä Paulia?" Lotta kysyi. "En nähnyt, ylilääkäri, se Paulin ystävä, oli kokouksessa ja kertoi! Nyt en ehdi enempää, jutellaan illalla lisää tulen heti kahdeksan jälkeen. Hei siihen saakka!"

Lotan päässä myllersi. Mitä Veijo tarkoitti sanoessaan "Paulin ystävä, se ylilääkäri? Ja että Pauli on saanut siirron." Hän on siis anonut siirtoa. Eikä hän ole sairas, ainakaan enää. Eikä ole minulle mitään ilmoittanut. Ymmärsinkö minä oikein? Kukaan ei vastannut Lotan kysymyksiin. Viestin tuoja oli käynyt kiireisesti ja raollaan oleva huoneen ovi todisti hänen siitä menneen pois. Miksi taas kaikki kaatui? Eikö ikuiseen ystävyyteen kuulu avoimuus? Voiko ihminen muuttua hetkessä noin paljon?

Postiluukun kolahdus sai Lotan ajatusvirran katkeamaan. Kaksi mainoslehtistä ja yksi kirje putosi luukusta. "Kirje on Paulilta!" hän hihkaisi puoliääneen. Kirje näkyy tulevan sairaalasta. Onhan Pauli voinut käyttää työpaikan kuorta, se on aivan luonnollista. Mutta se ei ollut Paulilta. Siinä ilmoitettiin Lotan työharjoittelun alkavan ylihuomenna, juuri sillä osastolla jossa Paulikin on töissä. "Siellä näen hänet jo ylihuomenna!" iloitsi Lotta.

Lotta hukuttautui ajatukseen ylihuomisesta. Hän ajatteli, päätteli ja laittoi mieleensä mistä kaikesta hänen on muistettava puhua Paulin kanssa. Kaikkein tärkeintä on vakuuttaa Paulille, että olen nyt ja vastaisuudessa vain hyvä ystävä hänelle, ettei minulla ole pyyteitä, eikä kuvitelmia, ei ajatustakaan muusta. Olen ehkä omalla käytökselläni viestinyt toisin, ja Pauli ei ole keksinyt miten sanoisi tai vastaisi tunteisiini. Kun tarkemmin ajattelen ne muutamat kerrat, kun hän on vastannut suukkooni, hän on ollut jotenkin poissaolevan viileä.

Veijon tullessa kello oli ehtinyt puoli yhdeksään. Vaikka Lotta tiesi, ettei hän ehdi ennemmin, silti mielessä takoi: Nytkö vasta, miksi nyt vasta? "Hei Lotta, tulin juoksujalkaa. Mitä sinulle kuuluu? Miksi olet noin surullisen näköinen?" "Oli niin pitkästyttävää odottaa! Kerro jo Paulista." "Luulin, että iloitsemme siitä ettei anomustani hyväksytty?" "Anteeksi." soperteli Lotta, "totta kai iloitsemme, mutta olin niin huolissani Paulin voinnista."

Veijo tunsi tarvitsevansa mietintäaikaa. Hän syleili

Lottaa, silitteli tämän hiuksia ja harteita mutisten. "Unohda hetkeksi kaikki huolesi, meillä on aikaa pohtia niitä, kun minun ei tarvitse muuttaa." "Unohdin, että sain ilmoituksen harjoitteluni alkamisesta. Arvaatko milloin se alkaa? Sanonpa kuitenkin, se alkaa ylihuomenna", tuli Lotan suusta. "Saammeko työskennellä samalla osastolla?" hän jatkoi. "Siellä olemme", iloitsi Veijo. "Tästä tulikin kaksinkertainen ilonjuhla! Tänä iltana nautimme siitä. Lähdethän kanssani parille drinkille, ja tanssitaan vaikka satumaahan", hän jatkoi

Veijo tunsi hetken mielihyvää luullen, ettei Lotta kysy enää sanallakaan Paulista. Tuo toive toimi ainakin Lotan vaatteiden vaihdon ajan. Miksi en ole vieläkään valmis kertomaan? Miksi en keksi sanoja? Nyt on pakko luottaa vanhaan sanontaan: hätä keinon keksii.

"Olen mielestäni valmis, sopiiko tämä asu näin arki-iltana?"

"Sinä olit nopea ja tuloksen huomioon ottaen supernopea! Olet todella viehättävä nuori nainen! Silmiesi loisteeseen voisin hukuttautua, ja poskiesi hehkussa palaa! "

"Älä nyt polta itseäsi Veijo. Mennään ainakin ulkopuolelle."

Ravintolaan menomatka kului iloisen rupattelun merkeissä käsi kädessä kävellen. Veijo piti huolen, ettei Lotta päässyt kysymään Paulista, sillä hänen mielessään ei ollut vieläkään totuuden mukaista vastausta valmiina. Mutta baaripöytään istuttaessa Lotta ei voinut olla enää vaiti. "Kerro Paulista välillä... ettei vain unohdu."

"Kyllä, mutta ennen sitä haluan esitellä itseni kunnolla. Olen Veijo Vertti Vuollo, kotoisin Pohjois-Pohjanmaalta. Puhuttelunimekseni on merkitty Vertti, josta kuulin jo alakoulussa tarpeeksi. Nuo kolme veetä oli vedetty yhteen oikein tuplana ja olin WWW. Niinpä otin käyttöön tämän vähemmän pahan, Veijon. Mitä sanot, kumpi on parempi?"

"Eipä puutu muuta kuin sukunimesi olisi Vartti", Lotta nauroi.

"Siihenkin olisi ollut aineksia aivan omasta takaa. Isäni kutsumanimi oli myös Vertti. Joskus tietyissä tilanteissa, kun liikuimme isäni kanssa yhdessä, kuului ilkunta: Kaksi varttia, ei kun Verttiä, kulkee tien vieriä, vaikka toinen ei oo kännissä."

"Anteeksi, en tarkoittanut johtaa mihinkään ikäviin muistoihin..."

"Ei mitään, en ole enää herkkähipiäinen, olen tullut isä ivalle immuuniksi."

Lotan ja Veijon ilta jatkui iloisilla keskusteluilla vielä kotimatkallakin, siitä Veijo piti huolen. Hän oli aivan varastoinut hauskoja juttuja, kuin tätä tarvetta varten. Lotalle ei jäänyt tilaisuutta kysellä Paulista, ja ehkä Veijolla ei nyt ollut haluakaan kertoa. Veijon huumori ja itseiva saivat Lotan aivan hykerryksiin. Ne olivatkin Lotalle aivan uusia asioita, piti aivan itsekseen hetki ihmetellä, miten vähällä saakaan hyvän olon toiselle.

Lotan portille tullessa Veijo vakavoitui.

"Nuku hyvin. Nauti huomisesta päivästä. Lataa itsesi uuteen elämänjaksoon, joka alkaa ylihuomenna. Sen elämänjakson aloituksessa minä olen mukanasi jos haluat."

"Kiitos Veijo. Kiitos tästä illasta. Mutta erityinen kiitos kauniista sanoistasi! Tämän uuden elämänjak-son haluan aloittaa kanssasi, ehkä enemmänkin kuin aloittaa."

Lotta kääriytyi peittoonsa. Hän mietti, onko tämä ensimmäinen kerta hänen elämässään, että voi nukkumaan mennessä tuntea mielihyvää ja turvallisuutta. Opettajaperheessä ollessa hänellä oli joskus ollut onnellinen ja turvallinen olotila. Se oli lapsen tunteen mukainen, nyt hän tunsi olevansa nuori aikuinen, joka aloittaa uuden elämänjakson toiseen aikuiseen ihmiseen tukeutuen.

Työharjoittelun alkaminen jännitti. Mutta ajatus tutusta osastosta, lääkäristä ja Veijosta hälvensi pelkotilan. Tarkemmin ajatellen hänellä tulee olemaan tilaisuus tutustua itseensä uudella tavalla, vaihtaen osia potilaasta hoitajaan, tosin apuhoitajaan, mutta kuitenkin.

Lotan ajatus pysähtyi kuin seinään.

"Onkohan Pauli siellä? Voi hyvin olla, että hänellä on irtisanomisajasta vielä vähän jäljellä. Mitä sanon, ja mitä teen, jos hän yllättäen tulee käytävässä vastaan? Entä jos hän on poissaolevan oloinen, pystynkö samaan? Ehdinkö kontrolloida häntä ja itseäni yhtä aikaa? "

Lotan ensimmäisenä työharjoittelupäivänä luonto oli pukeutunut parhaisiinsa. Puiden vaalean vihreät aran näköiset silmut odottivat keskipäivän lämpöä. Oli kuulas alkukesän aamu. Sairaalan käytävät tuntuivat täysin vierailta, joilla kiirehti laumoittain kasvottomia outoja ihmisiä. Lotta kiirehti askeleitaan, kuin jotain paetakseen. Osasto kolmen ovelle tullessa hänen mielensä rauhoittui, lihasten jännitys laantui ja nyt pystyi jo vähän hymyilemäänkin.

Osastonhoitajan ilme ja lämmin kädenpuristus tervetulotoivotuksineen saivat punan nousemaan Lotan poskiin ja silmäkulmat kostumaan. Mahtaakohan kotiin paluu pitkän matkan jälkeen tuntua tältä. Työtehtävien opastus kävi juohevasti. Tuntui kuin hän olisi ollut kaikenaikaa juuri tällä osastolla töissä, ja tarkemmin ajatellen, niin hän oli ajatuksissaan ollutkin. Kaiken osaamisen pohjana on oma potilasaikani, hän mietti. Silloin makasin hiljaa ja seurasin jokaisen työskentelyä, se on painunut mieleeni kuin opetus konsanaan.

Ensimmäinen työpäivä osastolla kolme oli melkein päättymässä, kun Veijo asteli käytävää. "Hei Lotta, tervetuloa joukkoomme, sinua on odotettu!" Iloisen ilmeensä lisäksi hän sujautti poskisuudelman, ja puristi rohkaisevasti Lotan kättä. "Kiitos Veijo! Aivan hämmennyin." "Sopiiko, että tulen käymään illalla? Haluaisin jutella paremmalla ajalla." "Sopii, tervetuloa! ", ehätti Lotta.

Työajan päätyttyä Veijo askelsi mietteissään, ensin omalle asunnolle ja sitten Lotan luokse. Nyt oli päätettävä kuinka hän kertoo Lotalle Paulista. Valehdella hän ei aikonut, ja totuus voisi satuttaa Lottaa. Asian pyörittely ja piilottelu saa nyt loppua. Tomerasti päätetty ja vaikeasti toteutettu, kuittasi Veijo mietteensä.

Lotan keittiöstä tuli tuoreen kahvin ja lättyjen paiston tuoksu pihalle saakka.

"Hei Lotta! Täältä sinun kammarista tuli niin kutsuva tuoksu pihalle saakka, sen imussa oli kiva tulla." "Laitankin mieleeni tuon, jos sinua ei jonain päivänä ala kuulua, niin alan paistamaan lättyjä! Tämä onkin siitä kiva, että sinua houkutellessa saan hyvää myös itse."

Ensimmäiseen työpäivään liittyvistä asioista oli paljon keskusteltavaa. Veijon mielipiteillä ja neuvoilla hänen työtään ajatellen oli suuri merkitys monessakin mielessä, mutta hän toivoi vielä jotain. Hän toivoi totuutta. Lotta vaistosi, että Veijolla on mielessään jotain Pauliin liittyvää, jotain mikä koskee ehkä häntäkin. Kyllä senkin asian aika tulee. Täytyy vain jaksaa odottaa. Vasta tänään astuin siihen maailmaan, jota pitää itse ohjata.

Uni ei ottanut tullakseen, jokin pakotti ajatukset aina samaan ympyrään, jossa kiersi sama yksitoikkoinen kysymys: Miksi Veijo ei kerro? Olisiko niin, että Pauli on sotkeutunut johonkin epämääräiseen, ja kiinni joutuessaan ilmoittanut hänet kumppanikseen? Eihän vain lääkkeitä sairaalasta? Senkö vuoksi hän anoi siirtoa? Oliko hän sovittelemassa ylilääkärin kanssa asioitaan silloin kerran. Jotenkin omalaatuinen oli se heidän tapaamisensa. Onkohan se juttu vieläkin laajempi? Onko Veijokin sotkettu siihen, miksi hän haki siirtoa?

Lotta painoi herätyskellon napin alas melkein tunnin ennen sointiaikaa. Hetkeä myöhemmin hän oli valmis lähtemään. Aamukahvi omassa asunnossa ei nyt houkuttanut, vaan hän päätti mennä sairaalaan kahvioon, ja nauttia sen siellä.

Kahvion tiskillä oli muutamia puolituttuja kasvoja. Hyvät huomenet heille, ja muki höyryävää kahvia käteen sai ajatukset uuteen kurssiin. Keventynein mielin hän asteli pieneen pöytään. Siinä päivän lehtiä selatessa saattoi silmäkulmalla vilkuilla kahvilan aamuasiakkaita. Kaikilla näytti olevan kiire, he hörppäsivät kahvinsa nopeasti pöydässä, tai kiirehtivät käytävän uumeniin kahvimukinsa kanssa. Lotta tunsi olevansa ainoa, jolla oli aikaa, ja sitä todella olikin.

Osaston kolme ovea avatessaan Lotta tunsi oudon lämpöaallon sisällään. Tunne oli hetkellinen, se kesti ehkä ovenavauksen verran. Kuitenkin se ehti vahvistaa hänen hapuilevaa itsetuntoa ja tietoa siitä, että nyt hän on oikeassa paikassa ja oikeaan aikaan. Selkeän työnjaon jälkeen osastonhoitaja taputti Lottaa olkapäälle lämmin pilke silmäkulmassaan: "Sitten vain sorvin ääreen".

Lotta tiesi, että Veijon työvuoro alkaisi kaksi tuntia myöhemmin. Onneksi niin, ehdin vähän rauhoittaa mieltäni, ja saada itselleni uskoteltua ettei vuoron aikana puhuta omista asioista. Voin kuitenkin kysäistä milloin tavataan, jatkoi Lotta mielessään.

Aamupäivän tunnit kuluivat aivan hurahtaen. Lotta ei huomannut, että Veijokin oli tullut ennen kuin tämä ohi pyyhältäessään hipaisi käsivarresta sanoessaan "Moi". Päiväruokailussa Veijo hakeutui Lotan viereen istumaan. Lotta vaistosi hänen mielialan ja sanoi melkein supisten: "Ymmärrän, emme puhu täällä, tuletko illalla käymään"? Veijo pyöritteli silmiään kuin oikeasti yllättynyt. Lotan katse oli vaativa, aivan läpitunkeva. Veijo tunsi joutuneessa todella yllätetyksi. Hän oli ajatellut kiemurrella vielä tämänkin päivän, kertoa muunnettua totuutta, tai siirtää koko juttua jollakin verukkeella, mutta Lotan katse sai hänet päättämään toisin. Lotta ansaitsee kuulla totuuden. "Sopiiko, että tulen yhdeksältä?", hän sanoi.

Asunnoltaan lähtiessä Veijo päätti, ettei hän mieti ainuttakaan kertaa, miten hän sen kertoisi. Nyt on kipeän totuuden hetki. Se ehkä ensin sattuu, mutta sitten helpottaa molempia.

Lotta oli laittanut kahvipöydän valmiiksi, ja pyysi Veijoa istumaan. "Voisimmeko tehdä toisinpäin? Puhuttaisiin ensin ja sitten kahviteltaisiin." "Käyhän se niinkin päin." "Tule minua vastapäätä ja ojenna kätesi... saan niistä voimaa..."

He istuutuivat kasvot vakavina toisiaan silmiin katsoen kädet toistensa käsissä Veijon aloittaessa.

"Olen itse ehkä kärsinyt enemmän kuin sinä pitäessäni sinua epätietoisuudessa Paulista. Olen keksinyt monia käänteitä, suorastaan valehdellut, olen tiennyt koko ajan! Tiesin myös sen, että sinä pidit Paulista ja hän sinusta. Hän oli rakastumassa sinuun! Nyt ajattelet, että olen mustasukkainen. Pidän sinusta Lotta todella paljon ja siksi tällä kömpelöllä tempulla yritin muka suojella sinua, varjella ettei sinuun sattuisi."

"En vielä ymmärrä... Mitä sinä yrität sanoa? "

"Olen tuntenut Paulin jo kauan. Hän oli naimisissa ja yhden lapsen isä. Avioliitto rakoili alusta saakka. Syy ei ollut vaimossa. Avioero tuli pian ja sitä haki Pauli. Hänellä oli ollut koko ajan suhde... mieheen. Älä keskeytä Lotta. Avioeron jälkeen Pauli on ollut psyykkisessä hoidossa. Hänen lääkärinsä oli tuolloin ja on vieläkin sinuakin hoitanut lääkäri. Sinua hoitaessaan Pauli ihastui sinuun, ja huomasi rakastuvansa. Siksi hän anoi siirtoa, ja sai sen lääkärinsä tuella."

"Tätäkö se sairastuminen oli? Olin oikeasti huolissani hänen voinnistaan! Nyt ymmärrän sen ystävävalan, jota vannoimme joka tapaamisen yhteydessä. Sekin oli hänen suojakseen! Kuvittelin, jopa uskoin, että tuonkin valan tarkoitus oli rehellisyys toisiamme kohtaan. Kaikkein eniten loukkaa se, että en ollut hänelle edes hänen luottamuksensa arvoinen."

"Lotta kulta. Tuskin voimme kuvitella millainen taakka ja painajainen tälläkin hetkellä Paulilla on. Tuo ystävävala ehkä auttoi häntä tuskissaan. Sitä esittäessä ja käytettäessä hän varmisti ettei hän toistamiseen tule rikkoneeksi aviovalaa. Tämä teidän peukkuvala antoi sinullekin viestin tietystä rajasta, jota ette onneksi ylittäneet." Alkukeskustelu oli käyty, oli kahvittelun vuoro. Kahvikuppien kolahtelu toimi vallitsevana äänenä melkoisen tovin, kunnes Veijon hiljainen ääni sekoitti sen.

"Sinä et saa tuntea tulleesi loukatuksi, etkä saa olla surullinen. Toivon, että sinä voisit antaa minulle anteeksi kaikki selittelyni. Tiedän että olin raukka totuutta piilotellessani, mutta joka päivä toivoin, että Pauli itse kertoisi. Toisaalta ymmärsin, että jos kysymyksessä olisi ollut joku toinen henkilö, hän olisi sen tehnytkin, mutta sinä olet hänelle herkkä, hauras ja rakas yhtä aikaa. Hän ei rohjennut avautua."

"Sinulla ei ole mitään anteeksipyydettävää. Eikä minua ole loukattu. Ymmärrän, että Pauli tunsi minut. Potilashistoriani kautta hän tiesi voimattomuuteni ja kärsimykseni lapsuudesta saakka. Hän sai minuun

virtaa ja elämänuskoa. Aloin luottaa itseeni ja ihmis-
oikeuksiini ja Pauli iloitsi siitä. Huomaan aina luot-
taneeni vain mieshenkilöihin. Tämä tilanneselvitys
tuli aivan oikeaan aikaan. Jos olisin jostain kuullut,
ennen sinuun tutustumistasi, en tiedä kuinka olisin
ymmärtänyt, tai olisinko halunnut ymmärtää. Nyt
olen valmis toivottamaan onnea Paulille ja hänen
valitulleen." "Olet harvinaisen kypsä noin nuoreksi
naiseksi, ja älykkyytesi on aivan huipputasoa!"

"Älä nyt ammu yli... voin pian ottaa todesta."

"On syytäkin ottaa todesta. Olen aivan hämmästy-
nyt. Pelkäsin paljon pahempaa, mutta sinä käsittelit
ja ymmärsit järkevästi tuon Paulin asian. Joku toinen
olisi nostanut melkoisen äläkän."

"Ei tule mieleenkään edes ajatuksin arvostella!
Pauli ei yhtään kertaa, eikä millään tavalla antanut
ymmärtää olevansa muuta kuin hyvä ja luotettava
ystävä. Enpä tiedä missä nyt olisin, ja miten voisin,
jos hän ei tullut kohdalleni juuri oikealla hetkellä.
Hän avasi silmäni ja mieleni elämälle! Olin todella
lukossa! Enemmän kuin lukossa. Luulen, että juuri
tuon oman erikoisuutensa vuoksi Pauli osaa käsitellä
oikein toista sellaista ihmistä, joka on eritavalla erilai-
nen. Tässä tapauksessa minä olin juuri sitä", jutteli
lotta. "Uskotko sinä kohtaloon, ja sen voimaan?", hän

kysyi yllättäen Lotalta.

"Uskon, koko elämäni ajan olen uskonut. Elävästi näen itseni pienenä tyttönä karjaladon heinäkasassa rukoilemassa Taivaan Isää. Sen jälkeen uskoin vahvasti kohtaloon. Kuvittelin, että kohtalo on jokin lähettiläs, joka hoitaa ja suojelee. "Uskotko Lotta, että myös meidät on kohtalo kuljettanut monen mutkan kautta lähtöpisteeseen, josta meidän tulee jatkaa. Ajattelen, että me olemme yhteisen elämän alkukoulutuksen nyt suorittaneet jopa hyvin arvosanoin. Koulutuksen jälkeen yleensä alkaa arkinen aherrus, niin meilläkin. Tarkoitan tällä yhteisen elämän aherrusta. Lotta, olisitko valmis siihen?"

Muutamia kuukausia heiltä kului seurustelun merkeissä. Työpaikka oli yhteinen, mutta molemmilla omat vuokra-asunnot. Eräänä iltana Veijo päätti kosia Lottaa. "Lotta, minä rakastan sinua. Tulisitko vaimokseni?", hän sai ääni vapisten sanottua. "Kyllä minä tulen vaimoksesi. Säästämme toisen asunnon vuokrankin!", oli ilkikurinen vastaus.

Iloisen naurunremakan kaikuessa Veijo yritti saada sanotuksi, kuinka taloudellisen ja käytännöllisen vaimon hän saakaan. Kosinnan riemua riitti jakaa työpaikallakin. Pian siviilivihkimisen jälkeen he muuttivat yhteiseen asuntoon.

V LUKU
KUUSAMO 1960

Melkein kaksi vuotta oli kulunut Lotan ja Veijon yhteisen tien aloittamisesta, kun heille syntyi esikoistytär. Hän sai hätäkasteessa nimekseen Mirja. Vauvan elämän alkutaival oli itkuinen. Syöntikin käytti huonosti ja unirytmi oli sekava. Paljon oli opeteltavaa äidillä ja vauvalla. Usein syöttöyrityskin päättyi yhteiseen itkuun.

Veijo yritti kannustaa ja lohduttaa niin hyvin kuin osasi, mutta hyvä tarkoitus valui hukkaan lähes joka kerta. Lotta ei osannut ottaa tarjottua apua vastaan. Kokemattomuus laittoi koetukselle sekä äidin että isän. Roolimallia ei kummallakaan kotiperheessään ollut. Tuttavia ja ystäviä ei uudella asuinpaikkakunnalla ehtinyt syntyä. Kätilö oli käynyt yhden kerran kotona, sekin ensimmäisellä viikolla vauvan kotiintulon jälkeen. Hän punnitsi ja pyöritteli vauvaa ja lähtiessään toivotti: "Hyvää jatkoa, tavataan kahden kuukauden kuluttua neuvolassa."

Veijon työ sairaalassa oli vuorotyötä, jonka vastapainoksi hän olisi tarvinnut rauhalliset vapaahetket kotona. Hän yritti unohtaa väsymyksensä antaen kaiken vapaa-aikansa pienelle Mirjalle. Pientä kevyttä nyyttiä saattoi heilutella sylissä tai kopassa yöllä tai päivällä. Joskus vauva palkitsi hoitajaansa hymyllään, mutta Lotan hymyä Veijo ei nähnyt enää moneen viikkoon. Se ahdisti mieltä. Veijo jutteli asiasta työpaikallaan, ja sai neuvoksi puhua ensin Lotan kanssa, sitten neuvolassa ehkä sitä kautta saisi parhaiten asiantuntevaa apua.

Seuraavana aamuna vauvalle vaippaa vaihtaessa Veijon sormenpäät hipoi pientä massua. Tuo hipaisu tai ilmavaivat inspiroivat vauvan suun leveään hymyyn. "Lotta, tule pian katsomaan tätä aurinkoa!", riemuitsi Veijo. "En malta, pesen vaippoja. Nauti sinä auringosta", oli vastaus.

Mirja päästi haikean itkun aivan kuin olisi loukkaantunut äitinsä tylystä äänestä. Veijo hyssytti ja lohdutti vauva omintakeisella laulullaan: "Älä itke, isä laulaa sinulle. Pian tulee kesä, me leikimme ulkona, sinä poimit kukkia, pian tulee kesä." "Vai tulee teille kesä?", ärähti Lotta.

Veijo jatkoi hyssytystä hyristen keksimäänsä laulun pätkää, ja pian Mirja nukahti. Hän tuijotti nukkuvaa tytärtään pitkän tovin omiin mietteisiinsä vaipuneena. Ajatukset kiersivät kehää yhtä samaa rataa mitä Lotalle on tapahtunut? Onko hänen sairautensa uusiutunut, vai onko tämä jotain vielä pahempaa? Aistiiko vauva äitinsä mielen laadun ja on siksi levoton jopa hänen sylissään? Onko Lotta mustasukkainen vauvalle"? Hän käytti koko seuraavaan päivän nuoren perheensä seurantaan, ja puuhaili vain jotain näennäistä ajankuluksi. Pieni Mirja nukkui tyynesti syöttöjen välit eikä syöttäminenkään enää rasittanut äitiä, kun Veijon pyynnöstä oli siirrytty pulloruokintaan. Senkin saattoi isä nyt hoitaa. Harsovaippojen vaihtokin käytti isältä kuin kokeneelta lastenhoitajalta. Veijo tunsi osaavansa vauvan hoidon mielestään kohtuullisen hyvin. Tuntui aivan upealta mennä itkevän vauvan luokse sanoa muutama sana ja koskettaa. Itku loppui ja palkaksi sai jopa pienen jokelluksen. "Tämä on isän onnea", hän ilakoi aivan huomaamattaan.

Lotta seisoi lähellä, näki ja kuuli tämän. Hän purskahti lohduttomaan itkuun ja siirtyi lähemmäksi, ojensi kätensä Veijoa kohti, kuin hädässä apua pyytävä. "Opeta minua näkemään onni ja auta minua, että pystyisin edes hymyilemään."

"Lotta kulta, loukkasinko sinua? Mirja on meidän yhteinen onni, en tarkoittanut olla itsekäs puhuessani isän onnesta! Sinä olet minun onneni ja Mirja meidän yhteinen."

"Sano, miksi minä en näe enkä koe tuota tunnetta? Mirjaa odottaessa tunsin olevani maailman onnellisin ihminen, ja uskoin tuon tunteen vain vahvistuvan vauvan syntymän jälkeen, mutta sainkin vain tämän tyhjyyden. En osaa kuvata, enkä tunnistaa itseäni, olen aivan ontto."

"Olet hyvä vaimo ja äiti, nyt olet vain väsynyt. Mirjan ennenaikainen syntymä katkaisi sinun äitiyteen valmistumisesi, kurssisi ikään kuin jäi kesken, ehkä sama tapahtui vauvalle. Mitä sanot, jos menemme kolmisin neuvolaan keskustelemaan?"

"Nauravat varmaan, mutta tuskin päin kasvoja sanovat mitä ajattelevat."

"Nyt olet väärässä. Ajattele, että nimi Äitiysneuvola jo sanoo, että koko sen olemassaolo ja toiminta on vain ja ainoastaan äitejä ja vauvoja varten. Sinä ja Mirja-vauva kuulutte automaattisesti sen piiriin."

"Veijo, sinä puhut kuin agentti konsanaan. Oletko jo käynyt juttelemassa, miten kurjan äidin valitsit lapsellesi?"

"Älä vahingossakaan päästä tuollaista ajatusta mieleesi! Unohdetaan äskeinen, ja keskustellaan kuin äiti ja isä. Ehdotan, että menemme tosiaan neuvolaan heti kun mahdollista. Tärkein asiamme on vauvan unirytmin löytäminen, heillä on varmasti neuvoja siihen."

"Entä jos he laittavat minut hoitoon ja sinä jäät vauvan kanssa kaksin? Sinusta tulee Mirjan yksinhuoltaja heti alkutaipaleella!"

"Kun saamme vauvan unirytmin kuntoon ja sinä saat levätä ja nukkua muuttuu koko maailma! Me olemme kokemattomia nuoria vanhempia. Ei kysymys ole mistään muusta. Tule syliini Lotta."

Lotta ja Veijo toimivat tekemänsä suunnitelman mukaan. He kävivät kolmisin ensin neuvolassa siiten lastenlääkärillä, ja vielä Lottaa aikaisemmin hoitaneella lääkärillä.

Veijo sai soviteltua työvuoronsa niin, että kukin tapaaminen voitiin käydä sovittuna aikana. Neuvolassa todettiin kaiken asiaankuuluvan olevan suositusten mukaisella tasolla. Lastenlääkäri totesi saman omalta osaltaan, mutta määräsi varmuudeksi muutamia kokeita.

Lääkäri nosti Mirjan tutkimuspöydälleen, pyöritteli häntä käsiensä välissä kuin isoa taikinapalloa ja puhui pehmeällä äänellä. Hän puhalteli vauvaa vuoroin päälaelle tai poskelle ja nosti sen kättä ja jalkaa. Pian oli liikeradat tutkittu. Keuhkojen ja sydämen kuuntelu hymyilytti vauvaa ja lopuksi tehty koko kehon venyttäminen sai aikaan hyväntuulisen naurun.

"Hyvä on, olet söpö ja kiltti aivan ihastuttava vauva. Jatkan tästä äidin ja isän kanssa, sinä saat leikkiä sormiesi kanssa sillä aikaa."

Lotta katsoi hämmästyneenä vauvan käsittelyä. Voiko ison miehen sormet olla noin notkeat ja ääni kuin lempeällä äidillä. Lotta säpsähti ajatustaan, että onko hän edes oikea lääkäri. Mistä ihmeestä tuli ajatus äidin lempeästä äänestä, eihän hän ole sellaista koskaan kuullutkaan.

"Halusin nähdä teidät koko perheenä ja tehdä arvion, mistä on kysymys. Tunnen teidät molemmat aikaisemmilta vuosilta, ja nyt tunnen myös Mirja-vauvan."

"Mutta miten vauva on nyt noin levollinen?", tuli Lotalta huomaamatta.

"Vauvat ovat hyvin herkkä, niinpä ne aistivat pienenkin levottomuuden jopa jännityksen tunteen häntä lähellä olevasta henkilöstä, ja ne reagoivat siihen itkulla tai unettomuudella. Mirja ei kokenut minun jännittävän, siksi hän on aivan rento ja oloonsa tyytyväinen. Näin yksinkertaisesta asiasta on kysymys ainakin Mirjan kohdalla."

"Te tarkoitatte, että minä olen kaiken ilon pilaaja", Lotta tokaisi.

"Ei Lotta. Tunnen sinut oikein hyvin, siksi puhunkin sinulle aivan suoraan. Ensinnäkin elämä on vuorovaikutusta kehdosta hautaan. Sinä Lotta olet jo pienenä menettänyt äitisi ja isäsi joutui rintamalle sekä ihana isomummosi kuoli. Muutamassa vuodessa menetit kaikki. Sinulta otettiin kaikki, eikä kukaan antanut sinulle mitään. Ei edes turvallisuutta. Lasten kehityksen kannalta tärkeimpiä ovat vuodet ennen kouluikää, silloin rakentuu koko elämänpohja. Niistäkin vuosista jouduit selviytymään yksin. Nyt sinulla on ammatti ja työ sekä tämä ihastuttava perhe. Huomaatko, että nyt sinua palkitaan. Ja olet todella ansainnut sen."

"Kiitos. Vapautitte minut syyllisyyden taakasta ainakin osaksi! Sano vielä, miten me jatkamme tästä?", kiiruhti Lotta sanomaan.

"Ottakaa huomioon, että myös minulla on vähäiset eväät isänä olemiseen. Omaa isääni kohtaan tunsin vuoroin sääliä ja vihaa raahatessani häntä puoliksi vetämällä kotia kohti. Hän oli alkoholisti. Äidistäni tiedän vain sen mitä kylä on puhunut", Veijo sai sanotuksi.

"Lapsuuden aikaiset muistot te voittekin nyt käyttää yhteisenä voimavarana, rakentaa oman perhe-elämän kuin noita karikoita kiertäen, toisiinne tukeutuen."

"Minusta ei ole Veijolle tukea! Tuskin pystyn edes äidiksi!", Lotta nyyhkytti.

"Kaikki on pian hyvin Lotta! Olet hyvä äiti, nyt olet

vain väsynyt. Tämä on synnytysmasennusta, aivan normaalia sellaista. Se hoidetaan pois. Tiesitkö, että tämä vaiva on joka kolmannella ensisynnyttäjällä, ja ennenaikaisesti syntyneen vauvan äidillä lähes aina?"

Lotan mieli rauhoittui. Kotiin paluumatkalla hän keskusteli Veijon kanssa hyvinkin vuolaasti lääkityksensä aloittamisesta, Mirja-vauvan hyvinvoinnista, Veijon työstä, ja omasta jaksamisestaan.

"Olen päättänyt, että joka kerta kun huomaan mielialani horjuvan sanon itselleni, että tämä on ohimenevää ja hallitsen tämän. Minulla ei ole mitään syytä masentua. Päinvastoin minulla on ilon ja riemun aiheita. Tärkeimmät niistä ovat terve lapsi ja perheestään huolehtiva luotettava aviomies."

"Sinä olet hyvä äiti", jatkoi Veijo. "Me kolme olemme elämänkoulun ekaluokalla. Aloittamassa ilman oikeita roolimalleja. Nyt lähdemme toisiimme luottaen aivan puhtaalta pöydältä."

"Mutta Veijo, tuossa lauseessasi on koko totuus. Meille on annettu ainutkertainen tilaisuus olla perheemme onnenseppiä. Kukaan ulkopuolinen kuten anoppi tai äiti ei aseta vaatimuksia, eikä tyrkytä neuvojaan. Tosin Mirjalla ei ole edes mummolaa, ei tätilää, eikä enolaa."

"Elämä voi tarjota niitäkin vaikka naapureista, työkavereista, tai tuttavista. Hyvä ystäväkin voi olla parempi tai rakkaampi kuin oma äiti tai isä."

Perhe-elämän rakennuskeskusteluja jatkettiin kotiaskareiden ja Mirjan hoidon lomassa pitkin iltaa. Kaikki tuntui olevan aivan uudella tolalla, koti oli siisti ja vauva nukkui. Hiljaisuuden rikkoi vain kellon tikitys. Veijo oikoi jäseniään vuoteen laidalla istuen. Lotta katseli hänen liikkeitä, kuin niitä mielessään myötäillen. Yhtäkkiä hän pomppasi ylös, kuin narusta vetäisten.

"Minun lääkkeeni! Luulitko etten ymmärrä? Muka unohdit hakea ne, eikö niin? Mietinkin jo, mistä sinun kaunomielisyytesi johtui, mutta tämä oli ansa minulle. Ajatteliko jättää minut lääkkeittä ja myöhemmin saada lääkäriltä lausunnon, että olen äidiksi kelpaamaton ja Mirja olisi yksin sinun?"

Lotta ei nähnyt eikä kuunnellut, kun Veijo yritti selittää, ettei reseptiä ole, vaan lääkäri aikoi soittaa sen apteekkiin aamulla, ja lääkkeet saa hakea huomenna.

Veijo valvoi vauvaa hyssytellen melkein koko yön. Herätyskellon napin hän painoi alas jo hyvissä ajoin, ettei Lotta heräisi hänen ja vauvan aamutouhuihin. Vaipan vaihto ja syöttö oli hoidettu, pienet hyssytykset vielä, ja Mirja vauva nukahti. Hän ei raaskinut kolistella kahvipannun eikä astioiden kanssa ja hampaiden pesukin sai jäädä. Kaiken välttämättömän hän saattoi hoitaa työpaikalla häiritsemättä rakkaitaan. Lähtiessään Veijo kirjoitti lapun: "Vauva on syötetty ja kuivitettu, tulen viiden maissa kotiin. Voikaa hyvin."

Työmatka oli vajaa kaksi kilometriä pitkä, tuttu ja turvallinen kevyenliikenteen väylä. Veijo olisi voinut sen vaikka unissaan polkea, mutta nyt piti melkein pysähtyä ja miettiä, mihin olikaan menossa. Uneton yö ja huoli Lotasta haittasi matkan tekoa. Hän kertasi mielessään, kuinka rauhallinen vauva oli eilen lääkärissä ja vielä kotiintulon jälkeen kunnes Lotta taas sekosi. "On siis totta, että vauva aistii Lotan mielen liikkeet."

Mieltä ahdisti ja hän olisi halunnut palata takaisin. Hakea vain apteekista Lotan lääkkeet, ja mennä kotiin hoitamaan "tyttöjään", mutta työvuorosta poissaolo ei tullut kysymykseenkään lähiaikoina. Työvuoroja oli jo muuteltu usean päivän osalta, että hän pääsi mukaan kaikille lääkärikäynneille. Onneksi työkaverit ovat joustavia, hän huokaisi itsekseen.

Lotta heräsi vauvan itkuun ja nosti päätään. Hän katsoi epätoivoisena Veijon puolta sängystä, mutisi jotain, ja painautui päälakea myöten täkkinsä suojaan. Hän ei kuullut, tai ei ollut kuulevinaan, että vauva itki edelleen. Mirja nukkui selällään, ja oli jo itkenyt voimansa niin vähiin, että suuhun kertynyt lima painui kurkkuun ja oli tukkia hengityksen. Epämääräinen korahtelu sai Lotan tajuamaan, että hänen on noustava ylös. Hän otti vauvan sängystään, laittoi polviensa päälle vatsalleen, ja taputteli kevyesti selästä.

"Mirja hengitä! Yritä paremmin!", Lotta komensi hätääntyneenä. Vauva köhi ja yökkäili pitkän tovin ja alkoi sitten hengittää epätasaiseti. Lima oksetti vielä, mutta pikkuhiljaa tilanne alkoi selvetä. Lotta hyssytteli vauvaa sylissään. Hän otti jääkapista valmiiksi laitetun maitopullon, lämmitti sen, vaihtoi harsovaipan, ja syötti hänet. Sen jälkeen Mirja nukahti nopeasti.

Vasta vauvan nukahtamisen jälkeen Lotta tajusi, että Veijo on mennyt töihin jo ajat sitten. Ennen lähtöään Veijo oli laittanut vauvalle ruoan ja Lotalle aamupalatarpeet valmiiksi. Kahvikuppiaan siirtäessä Lotta huomasi kirjelapun, jonka lopuksi luki "voikaa hyvin." Se sai kyyneleet Lotan silmiin.

Vauvan nukkuessa Lotta oli levoton. Jotain olisi pitänyt tehdäkin. Vauvan pyykit, huoneiden siivous, päiväruoan laittaminen, ja monta muuta asiaa odottivat, mutta Lotta ei saanut otetta. Jonkun olisi pitänyt sanoa mitä ensin tehdään, ja miten tehdään. Käsien epätoivoinen punominen nopeutui. Pian vatsassa väänteli, päätä pakotti uhkaavasti, kurkkua kuristi, henki ei kulkenut ja huoneen seinät tuntuivat kaatuvan päälle...

Veijolla alkoi ruokatauko. Hetkeä aikaisemmin hänelle oli iskenyt pakkomielle käydä kotona varmistamassa, että Lotta on herännyt. Aikaisemmin aamulla hän oli ajatellut hakea Lotan lääkkeet illaksi valmiiksi, mutta nyt sen tuntui ehtivän myöhemmin. Hän polki pyöräänsä kuin mielipuoli. Pihalle tultua hän hyppäsi sen selästä suoraan portaille. Mirjan itku kuului portaille saakka. Veijo syöksyi kohti vauvansänkyä. Kengänkärki hipaisi lattialla ollutta tummaa möykkyä, se inahti oudosti. Veijo tajusi, että hän oli kompastua lattialla makaavaan Lottaan.

Veijo tajusi, että aivan ensin olisi tilattava sairasauto. Mutta lähimpään puhelimeen on parikilometriä matkaa. Juuri sillä hetkellä kuului koputus ja oven takana seisoi postinkantaja kuin suojelusenkelin lähettämänä. Huomattuaan tilanteen sai lähetyksen kuittaus jäädä. Miehen selkä vilahti kerran ikkunasta ja kohta sairasauto ajoi pihaan.

Lotta pääsi hoitoon, huokaisi Veijo mielessään. Hän otti itkevän Mirjan syliinsä. Lapsi rauhoittui pian ja hyssyttely toi pienen hymyn tämän kasvoille.

Katsoessaan hymyilevää lastaan Veijon mieleen iski huoli, kuka hoitaisi Mirjaa nyt, sillä perheen ainoana elättäjänä hänen on päästävä töihin. Tyynnyteltyään Mirjan nukkumaan, Veijo pyöräili nopeasti lähimpään puhelimeen. Hän soitti sille sosiaalihoitajalle, jota he olivat koko perheellä tavanneet vain muutama päivä sitten. Sosiaalihoitaja lupasi tulla mahdollisimman pian.

Asiaankuuluvat paperit käsiteltiin nopeaan tahtiin. Aivan selvää oli, että Lotta joutuu jäämään sairaalaan. Vauva oli saatava johonkin hoitoon koska ketään tuttua tai sukulaista heillä ei paikkakunnalla ollut, ja Veijon oli päästävä työhön. Sosiaalihoitajain lähdettyä Veijo laittoi tavarat omille paikoilleen. Vauvansänkyä peittäessä hän vasta tajusi olevansa yksin. Vauvakin oli poissa. Itku kaivoi nielussa ja kädet vapisivat. Kellokin tuntui pysähtyneen. Valoa ja voimaa oli saatava! Hän riuhtoi suljetut verhot auki sellaisella vimmalla, että muutama pidike putosi paikoiltaan. Veijosta tuntui, että hän tukehtuisi. Syvä sisään uloshengitys rauhallisessa rytmissä tuntui hyvältä, suorastaan keventävältä. "En saa katketa, en edes taipua. Olen isä ja aviomies" hän sanoi itselleen.

Työpaikallaan Veijo kertoi ensin osastonhoitajalle,

mitä hänen perheessä oli eilen tapahtunut, ja tiedusteli samalla, onko Lotta tuotu tähän sairaalaan.

"Lotta ei ole meidän potilaita, ja rehellisyyden nimessä sanon että hyvä niin. En tarkoita tällä mitään toisistaan eristämistä, vaan teistä kumpikaan ei kestäisi, eikä olisi kummankaan etu olla tässä tilanteessa samassa talossa. Kiitos avoimuudestasi. Autan missä voin, puhu minulle jatkossakin. Veijo, saat käyttää työaikaasi ja talon puhelinta niin paljon kuin tarvitset. Toki sinun kuuluu tietää missä Lotta ja Mirja ovat ja mitä heille jatkossa kuuluu."

Veijo soitti Lottaa hoitavalle lääkärille ja sai kuulla, että Lotan tilanne on tällä hetkellä niin herkkä, ettei häntä saa kuormitaa yhtään enempää ainakaan viikkoon. "Soittakaa viikon kuluttua minulle, katsotaan silloin tilanne uudelleen", sanoi lääkäri.

Kiitos ja kuulemiin jäivät sanomatta, Veijolla oli kiire soittaa lastensuojeluun ennen kuin keskus suljetaan, kello oli pian neljä. Linjalla tunnuttiin puhuttavan. Nyt naksahti! iloitsi Veijo mielessään. "Kesäperjantaisin suljemme kello viisitoista kolmekymmentä, kiitos soitosta" se sanoi.

Voi perjantai, Veijo manasi mielessään. Samalla hän muisti, että turha lastensuojeluun olisi soittaa. Sinne pitää mennä henkilötodistuksen kanssa, ja vasta maanantaina! Voiko tämä olla näin vaikeaa, en kahteen vuorokauteen saa tietää Mirjasta, ja Lotasta kokonaiseen viikkoon mitään! Mitä minä olen tehnyt, missä olen tehnyt niin väärin, että perheeni on tässä tilanteessa.

Veijon työaikaa oli vielä muutama tunti jäljellä, ja sitten oli edessä viikonloppu vapaa. Aikaisemmin vapaa viikonloppu tuntui jo ajatuksenakin melkein juhlalta, mutta nyt yksin kotona, huoli ja hätä seurana, onko se vain kestettävä, hän kysyi ajatuksissaan. Hän pyöräili kotia kohti hitaasti polkien, nyt ei ollut mihinkään kiire, kukaan ei odottanut. Ruokakaupan kohdalla hän pysähtyi miettien, onko kotona mitään ruokaa viikonlopuksi? Ovessa luki: Kesäperjantaisin suljemme klo. 16.00.

Onneksi pieni kotipuoti pelasti tilanteen. Sieltä löytyivät kaikkein tärkeimmät asiat kuten näkkileipä, voi, 3 kananmunaa, ja pala Berliinin makkaraa. Hyllyssä oli muutama pullo pilsneriä. Se ei kuulunut Veijon ostoksiin tavallisesti, mutta tällä kertaa sitä tuli ostettua.

Koti tuntui tyhjältä ja kolkolta jopa kylmältä. Veijo silmäili kamarin puolta ovella seisten. Verhot näyttivät värinsä menettäneiltä, ikävissään roikkuvilta kangaspaloilta. Huonekalut nekin oli varmaan vaihtuneet, ja Mirjan sänky suorastaan huuti tyhjyyttään. Veijo siirtyi keittiön puolelle ostoskassi kädessään ja ulkovaatteet päällään. Tuoli, joka oli usein Lotan istuimena, oli tyhjä ja hyljätyn näköinen. "Mistä minua rangaistaan?" voihki Veijo mielessään. "En kestä koko viikonloppua tätä epätietoisuutta, missä Mirja on, kuka häntä hoitaa. Viikkoon en kuule Lotastakaan!"

Hän laittoi ostoksensa jääkaappiin. Mikään ei tuntunut maittavan. Hän avasi pilsneripullon ja joi sen seisten. Avasi toisen pullon ja tyhjensi senkin. Oli vielä yksi pullo, sille kävi samoin. Pusakka oli päällä ja lätsä päässä sekä kengät jalassa, mitään ei tarvinnut lisätä eikä vähentää, mies saattoi lähteä niin kuin oli tullutkin. Hän lukitsi ulko-oven, otti pyöränsä ja lähti.

Maanantai aamuna Veijolle kerrottiin sosoiaalitoimistossa, että Mirja on hyvässä perhekodissa, eikä kaukanakaan. Virkailija antoi osoitteen ja puhelinnumeron, johon voi soittaa ja sopia käynnistään. Tämä lupaus helpotti tukehtumisen tunnetta Veijon rinnassa, mutta hän odotti vielä jotain. Ehkä neuvoja arjessa jaksamiseen. Tai anteeksiantoa tekemilleen virheille, niillekin joita ei ole tajunnut tehneensä. Virkailija huomasi, että Veijo ei ollut valmis lähtemään ja hän siirtyi lähemmäksi, otti miestä kädestä, katsoi häntä silmiin, ja sanoi: "Asiat ovat hyvin. Vauva on hyvässä hoidossa, samoin vaimosi. Pian kaikki on paremmin kuin ennen. Kokemuksesta tiedän, että jokainen mies sinun paikallasi miettii, jopa syyttää itseään riittämättömyydestään tai kokee muuten väärin tehneensä. Näihin itsesyytöksiin sinulla ei ole aihetta. Olet hyvä isä ja kelpo mies".

Työvuoron alkuun oli enää muutama minuutti, mutta hyvä pyörä ja keventynyt mieli antoivat vauhtia, ja Veijo ehti ajoissa. Iltavuoro sattui oikeaan paikkaan. Ehdin jo käydä tuolla sosiaalitoimistossa ja ruokatauolla soitan vielä Mirjan hoitajalle. Sitten illalla on vähän lohdullisempaa mennä tyhjään kotiin, hän summasi.

Toisten kiirehtiessä syömään Veijo juoksi käytävän puhelinkoppiin. Kädet vapisten hän pyöritti numerolevyä, pian rapsahti langan toisessa päässä, ja kirkasääninen nainen esitteli itsensä. Sitten oli Veijon vuoro. "Minä olen Mirjan isä, sain luvan soittaa teille."

"Kuulin sosiaalitoimistosta ja odotinkin soittoanne. Meillä menee hyvin ja Mirja on kiltti vauva. Hän syö hyvin ja nukkuu paljon. Voitte tehdä työtänne aivan rauhallisin mielin, sillä me tulemme Mirjan kanssa hyvin toimeen."

”Huojentavaa kuulla, että vauvalla on hyvä olla. Hän ei onneksi osaa ikävöidä, eikä hän tiedä kuinka minä ikävöin. Ja tietenkin myös äiti ikävöi. Voisinko käydä huomenna tervehtimässä teitä?”

”Sopii hyvin, mihin aikaan päivästä teille sopii?”

”Pääsen töistä kello 18, sopiiko vielä silloin?”

”Mainiosti, tervetuloa!”

Ruokatauko oli päättymässä ja työkaverit tulivat hampaitaan kaivellen asemapaikoilleen ruokaa ja ylensyömistään kehuen. Veijon vatsa murisi nälkäänsä, mutta se oli toissijainen asia nyt. Mieli oli rauhallinen ja työ maistui. Lähes kaikki tuntui olevan kohdallaan. Mikä sen sai aikaan, varmaankin Mirjan hoitajan ääni ja puhetapa, niistä kuulsi onnellisen äidin olemus. Veijo kavahti ajatustaan. Enhän minä kysynyt, onko hänellä omia lapsia. Eihän äidillisyys voi muuten syntyä? Huomenna illalla tiedän ja näen enemmän. Se on vasta illalla, mutta päivällä ruoka-tauon aikana soitan tai ainakin yritän soittaa Lotan lääkärille. Tuskin hän muistaa, että oli puhunut minulle viikosta, tai voinhan itse tekeytyä unohta-neeni tuon.

Seuraavana aamuna Veijo polki työpaikkaansa kohti tunti ennen vuoron alkua. Hän oli päättänyt soittaa Lotan lääkärille ja nyt siihen oli reilusti aikaa.

Osastonhoitaja antoi jo aiemmin luvan talon puhelimen käyttöön. Hän pyöritti puhelimen numerotaulua mietteliäänä. Samassa hän kuuli puhelimesta tutun äänen.

"Veijo Vuollo, Lotan aviomies tässä huomenta. Kuinka Lotta voi?"

"Huomenta, muistan sinut. Oliko tänään sovittu soittoaika, varmaankin, en ole merkinnyt ylös. Lotta on levännyt, ja hän on nukkunut paljon, ja syönyt hyvin."

"Miten sitten muuten?" Veijo kiirehti väliin.

"Emme ole voineet testata henkistä puolta, hän ei suostu keskustelemaan."

"Anteeksi, on pakko heti kertoa tämä. Vuosia sitten, kun Lotta oli määrätty hoitoon, oli sama tilanne. Hän makasi ilmeettömänä, eikä suostunut puhumaan kenellekään mitään, kunnes eräs mieshoitaja keksi, että Lotta ei kestä kahta valkotakkista yhtä aikaa huoneessaan, eikä naishoitajaa ollenkaan."

"Olen lukenut tuon hoitokertomuksen, mutta tuota asiaa en osannut ajatella, se pitää huomioida."

"Anteeksi, luulen että jos saan tavata Lotan ensin yksin, sitten teidän kanssa, pääsisimme hyvään alkuun."

"Kokeillaan, ei se voi ainakaan pahentaa tilannetta.

Voitko tulla perjantaina kello 13.00?"

"Osastonhoitajani on ollut hyvin avulias kaikissa järjestelyissä, uskon tämän käyvä. Kiitos teille jo etukäteen!"

Päiväni alkoi hyvin ja nopeasti ja illalla pääsen näkemään Mirjaa, Veijo riemuitsi mielessään. Työvuoron alkuun on vielä varttitunti aikaa, ehdin piipahtaa kahvilla, sitten on kiva aloittaa työt.

"Huomenta Veijo!"

"Huomenta Taneli. Anteeksi törmäilyni. Olin ajatuksissani, mutta tiedätkö, että pääsen tänä iltana näkemään Mirjaa. Perjantaina saan tavata vaimoni!"

Veijo hörppi kahvinsa seisaaltaan, ja harppoi pian työpistettään kohti iloisin mielin. Osastonhoitajan vastaan tullessa tuskin huomenet ehdittiin vaihtaa, kun oli kerrottava tuo ilouutinen. Siinä samalla sovittiin perjantain työvuoro, että hän pääsee vaimoa tapaamaan. Sekin sopi hänen esittämällään tavalla, esimies ja työkaverit joustivat, kaikki tuntui luistavan melkein itsestään.

Sydän riemusta pomppien Veijo polki Mirjan hoitopaikkaa kohti. Pian hän oli perillä, muutama porras, ja pari ovea enää erottivat hänet vauvasta.

"Hyvää iltaa! Olen Veijo, Mirjan isä. Heitänkö kengät tähän?"

"Hyvää iltaa, ja tervetuloa! Minä olen Leena, ja kenkiä ei tarvitse ottaa pois. Tule peremmälle, puseron voit heittää mihin parhaiten sopii. Elämme Mirjaan kanssa kahden tätä taloa, mieheni on matka-töissä."

Veijo kulki melkein hiihtäen, lattialla olleita vaat-teita ja lehtiä kierrellen Leenan johdattamana. Hän ihmetteli talossa olevaa sotkua, mutta se ajatus lähti yhtä nopeasti kuin oli tullutkin, kun silmien edessä oli oman pienen Mirja.

"Olen antanut Mirjan nukkua rauhassa", Leena selitti. "Kun olemme näin kahdestaan, niin nautimme vain olemisesta."

"Söpöä", tuli Veijolta tarkoittaen pientä palleroa, jota Leena nosti hänen syliinsä.

"Minustakin tämä on söpö elämäntapa. Teen vain sen, mikä on välttämätöntä, ... toisaalta olen jo tottunut näin elämään, kun näitä pieniä on ollut viimeaikoina niin harvakseen, vain äärimäisissä kiiretapauksissa."

Leena silitteli Mirjaa isänsä sylissä, toistaen vielä "äärimäisissä kiiretapauksissa" katsoen samalla kysyvästi Veijoa silmiin.

Veijo ei antanut minkään ulkopuolisen seikan häiritä hänen ja Mirjan yhteyttä. Hänen teki mieli kysyä lapselta, miksi nutun kaulukset haisevat pahalle? Tai lakana on märkä ja nuhruinen. Milloin vaippa on vaihdettu? Mutta se kaikki sai nyt olla, hänen keskittyi vain siihen, mitä hänellä oli sylissään. Hän päätti istuutua kultakimpaleensa kanssa. Nojatuoli oli vieressä, mutta se oli täynnä vaatteita. Hän siirtyi vauvansa kanssa saadakseen yksityisyyttä tapaamiseen, mutta Leena hivuttautui mukana.

"Saisinko lasin vettä, sillä pyörällä polkiessa tuli jano", hän keksi sanoa.

"Toki, mutta keitänkö kahvin? Eihän sinulla ole kiire kotiin?"

"Ei ole kiire... Mutta mehän voimme Mirjan kanssa tulla sinne keittiön pöydän ääreen istumaan, otan hänelle peiton vain suojaksi". Vauva on aivan märkänä, teki mieli lisätä, mutta sekin sai nyt jäädä. Veijo ymmärsi, ettei hän saa kyseenalaistaa mitään, vaan myötäillä alati hymyilevää Leenaa.

"Sattui tosi kivasti, että Mirja tarvitsi kiireesti hoitopaikan. Olinkin jo kyllästynyt yksinoloon. Toivottavasti saan pitkään pitää Mirjan, sillä vaimosi ei saa pitkään aikaan hoitaa Mirjaa."

"Anteeksi... Läikäytin vettä noiden vaatteiden päälle, olin pudottaa lasin! Sanoit ettei vaimoni saisi vauvaa hoitoonsa, kuinka niin?"

"Olen nähnyt näitä tapauksia. Hoidokkini ovat

olleet juuri näistä perheistä, joissa äiti ei kestä pientä vauvaa. Näin se tulkitaan. Lienee niin, että nuoret naiset naimisiin mennessään uskovat, että kansalaisvelvollisuus on suoritettu kun ollaan naimisissa ja lapsi tehty. Sen jälkeen saa yhteiskunta hoitaa loput.”

”Nyt olet Leena väärässä, tuo ei päde ainakaan minun vaimoni kohdalla. Ei tällä kertaa enempää tästä aiheesta. Annatko harsovaipan, vaihdan Mirjan kuiviin, ja sitten juodaan ne kahvit.”

”Ohoh, ne vaipat ovat kaikki, toivat niin vähän niitä”, huuteli Leena komeron ovelta. ”Sillä oli niin kiire Mirjaa tuodessa, että antoi hänet aivan lennossa, samoin ruoka ja vaatepaketin. Samalla tavalla se tapahtunut aina ennenkin, tuskin ovat sisälle tulleet. Höpöttävät vain, että olen niin luotettavan näköinen ja kuuloinen. Löytyi vaippoja kuitenkin. Tässä sinulle.”

”Tuli mieleeni, että käyhän tarkastajat? Ja ennen tarkastajan tuloa teet tietenkin suursiivouksen, siitäkin on paljon vaivaa, vai mitä?” yritti Veijo johdatella.

”Se on kymmenen minuutin juttu. Sutaisen keskeltä lattiaa märällä keppiluutulla, siinä se on. Yleensä ne vilkaisee lasta ja lähtee kiitellen. Ei siitä ole vaivaa minulle eikä lapselle.”

Veijo tajusi hymyilevänsä ensimmäisen kerran tämän vierailun aikana. ”Sinulla on hyvä huumorintaju Leena, eihän se voi noin helppoa olla." "Tämä on aivan totta. Miksi tekisin enemmän kuin sen mistä maksetaan! Siivosin aikani aivan kontaten, eikä kukaan ollut sen tyytyväisempi, niin lopetin sen. Eihän nämä pienet tarvitse muuta kuin ruokaa ja vaipan. Tuskin sinunkaan vaimosi muuta tarjosi Mirjalle, ja eiväthän sen luokan sairaat osaa aina edes sitä!"

Veijo tunsi vajoavansa tuolistaan. Kuin varmuudeksi hän kantoi lapsen omaan sänkyynsä, suukotteli ja peitteli hänet lämpimästi. Katsoi haikeana ainokaista aarrettaan ja sanoi Leenalle näkemiin. Hänen oli lähdettävä, ettei vain sano jotain, mikä koituisi vauvan vahingoksi.

Maanantaista perjantaihin tuntui olevan ikuisuus, vaikka työreissu söi noin kymmenen tuntia vuorokaudesta. Lisäksi oli erilaisia juoksevia asioita. Yöunet, tarkemmin ottaen sängyssä pyöriminen, haukkasivat toisen kymmenen tuntia. Vuorokausi tuntui tappavan pitkältä ja tylsältä. Kotona ei tehnyt mieli koskea mihinkään, peseytyminenkin oli lähes vastenmielistä. Saunan lämmittäminen ja saunominen, Veijon mielipuuhat, olivat täysin unohtuneet. Työpaikka oli nyt todellinen pakopaikka ja siellä maistuivat ruoka ja kahvikin.

Onkohan Lottakin tuntenut tämän tyhjyyden? Yksinäisyyskö tappoi hänenkin ilonsa? Entäpä Leena, nyt alan vähän ymmärtää sitä sotkua. Mies matkatöissä, jos sitä miestä on olemassakaan? pohti Veijo kotimatkallaan.

Kotiin tultuaan hän suorastaan lysähti keittiön tuoliin. Aika ja ajatukset tuntuivat pysähtyneen, samoin myös mies, siinä hän istui ulkovaatteet päällään. Ainoa ajatuksissa pyörivä asia oli kysymys, tätäkö on kestettävä ja jaksettava? Vilkaisu ulkona hämärtyvään iltaan nosti mieleen sen baarin, missä hän oli viikonloppuna käynyt. Voisin mennä sinne aikaani tappamaan.

Tien mutkan takana vilkutti tuttu valo. Matkaa oli enää muutama polkaisu, kumman kevyeltä se nyt tuntuikin. Pyörä sai paikkansa seinänvieressä, samasta paikasta kuin viikonloppuna.

Unto Monosen Satumaa jauhoi jukeboxissa, tupakansavu leijui niin paksuna pilvenä, ettei pöydissä istuvien kasvoja voinut tunnistaa kuin aivan läheltä. ”Tule tänne istumaan Veijo!” kuului naisen ääni. ”Tarjoilija, saanko kaksi pulloa olutta, toinen tulee tuolle miehelle”, sanoi nainen Veijoa osoittaen. ”Sinäkö Leena? Miten sinä olet täällä?” ”Minä se olen. Sinä olet kuin aaveen nähnyt. Ei tässä mitään

ihmeellistä. Tavallinen ikävöivä ihminen olen minä-
kin. Pääsen aina joskus pois kotiluolastani, kun eräs
ystävättäreni tuuraa jonkun tunnin. Hän hoitaa nyt
sinun Mirjasi."

Kolmannen pullollisen jälkeen alkoi Veijon käsitys
Leenan tavallisuuden kohdalta osittain selvetä. Enää
ei tuntunut pienen Mirjan jättäminen täysin vierai-
siin käsiin aivan rikolliselta, varsinkin kun tämä
jatkuvasti uskotteli kuinka luotettava ja hellä hoitaja
hänen ystävänsä on. Jukebox alkoi raksuttaen soittaa
Satumaata varmaan viidettä kertaa yhteen menoon.
Pullot tyhjenivät samaan tahtiin. Leena ei jaksanut
enää odottaa, että Veijo olisi pyytänyt tanssimaan,
vaan kiepsahti vierelle ja miestä kainaloista auttaen
nosti hänet ylös tuolista, ja johdatti lattialle. Siinä
he sitten huojuivat toisiinsa kietoutuneina osittain
musiikin tahdissa.

Veijo heräsi Leenan asunnolta. Hän siemaisi lasilli-
sen vettä, tarkisti nopeasti vaatteensa, ja suorastaan
juoksi ulos. Pyörää ei näkynyt portaiden eikä seinän
vierellä, se oli unohtunut baarin seinustalle. Hän otti jo
pari pitkää harppausta lähteäkseen baariin päin, kun
sisältä kuului lapsen itku. Luojani, sisällä itkee minun
lapseni! Painoin juuri tuon oven lukkoon! Hän syök-
syi portaille, riuhtaisi ulko-ovea kaksin käsin. Oven

karmi ritisi ja sälösi, ja ovi avautui. "On siinä mitätön lukko," Veijo puhisi. Mirja itki lohduttomasti. Vaippa oli täyttynyt äärimmilleen ehkä jo eilen. Ruokaa ei ollut näköpiirissäkään, ja sijais-äiti kuorsasi kamarin lattialla olleessa vaatekasassa. Veijo nosti lapsen kuivan vaatteen päälle ja kaivoi komeron lattialta harsovaipan. Kuivitti lapsen ja kääri tämän moninkertaiseen kääreeseen löytämänsä kuivan vaatteen sisään. Mirja nyyhkytti haikeasti pitkän tovin. Veijo kanteli lastaan, ja etsi silmillään äidinmaitopakettia, josta voisi laittaa tälle syötävää. Kuiva-ainekaapit hän oli jo katsonut, vain jääkaappi oli enää katsomatta. Siellä ne olivat äidinmaitojauhe ja pesemätön tuttipullo. Eikä siellä muuta ollutkaan.

Veijo oli työssään oppinut, kuinka yhdelläkin kädellä pärjätään, sitä oppia hän hyödynsi nyt, ja pian nälkäinen vauva imi tyytyväisenä tuttipulloaan. Lämmin ruoka ja kuiva vaippa saivat lapsen tyytyväiseksi, pienet silmät räpyttivät harvakseen, sitten painuivat kiinni, ja Mirja oli unten mailla. Veijo siirtyi pari askelta vauvansängyn luota, seisoi ja katsoi ympärilleen. Vaatekasassa nukkuva Leena oli säälittävä näky.

Tuossako minäkin aamuyön tunnit vietin? Säälittävänä ja tiedottomana oman lapseni hoitajan sotkuisessa huushollissa? Itseinho oli saada miehestä vallan. Ei, nyt ei saa päästää pientäkään muistikuvaa illasta ajatuksiin, että pystyn toimimaan, komensi Veijo ajatuksiaan.

Vaatekasassa retkottava nainen oli herätettävä, ja saatava jaloilleen. Veijo toimi kuin ammattihenkilö konsanaan kohdatessaan puolitajuttoman henkilön.

Leena oli aluksi aivan turta ja poissaoleva. Musta kylmä kahvi ja vauvansänky herättivät arkitajun. Ehkä lattialla retkottaneet vaatekasat vahvistivat hänelle kotona olemisen tuttua tunnetta. Koettu juttu oli myös öiset kapakkareissut, vaikka kotona on pieni hoidokki. "Nukuinko minä? Sinäkö tulit katsomaan vauvaa?", Leena änkytti.

Veijo hämmästyi huomatessaan, että Leena ei muista illasta mitään. Eipä hän itsekään juuri mitään. Senkin vähäisen mitä muisti, hän halusi heittää syvimpään kaivoon, tai polkea upottavaan suohon. Kuinka olikaan mahdollista, että hän vauvan isä, seikkailee kylän kapakassa lapsensa hoitajan kanssa... Umpihumalassa ja viettää aamuyön tämän sekasortoisessa asunnossa. Häntä itseään voitaisiin syyttää oman lapsen heitteillejätöstä, ja samalla lapsenhoitajan hyväksikäytöstä, kenties raiskauksesta! Jos nyt sattumalta tulisi joku virkamies paikalle, ei mikään voisi häntä pelastaa. Nyt on toimittava viisaasti ja varovasti. Leenakin alkoi jo ymmärtää puhetta.

"Minulla on muutama tunti aikaa ennen työvuoron alkua. Päätin pistäytyä katsomassa Mirjaa ja sinua. Vauva nukkuu makeasti, en raski häntä herättää. Sinä myös nukuit. Juuri kun olin pois hiipimässä aloit äännellä ja pyörit niin, että putosit tuohon vaatekasaan. Jäin kysymään vointiasi. Oletko sinä sairas, tarvitsetko apua?"

"Mi..nulla särkee päätä, annatko tuosta kaapista tabletin... ja lasin vettä."

"Hetki vain. Pystyisitkö syömään? Voin hakea naapuri kaupasta jotakin?"

"Se, olisi hyvä," uikutti Leena.

Veijo pinkaisi ulos. Raitis ilma tuntui taivaalliselta hengittää ja reipas kävely elvytti miestä nopeasti. Omatuntokin rauhoittui hiukan ja mieli kohosi, jospa sittenkin pelastun hän ajatteli. Leena ei ehkä muista mitään, mutta ei ole vielä syytä onnitella itseäni. Veijon palatessa Leena oli mennyt vessaan. Hyvä niin, Veijo ajatteli, ehdin vähän järjestellä huushollia, varsinkin Mirjan sängyn ympäriltä. Hän nosteli vaateräsyjä lattialta. Keittiö olikin melkein ihmisasunnon näköinen Leenan palatessa.

"Istuhan alas, ota kahvia ja voileipää. Minulla on

vielä aikaa, syön tässä sinun kanssasi ja katson, että toivut ja jaksat Mirjan kanssa."

"Voi niin, Mirjan kanssa. Olipa hyvä, että satuit tulemaan, olisin varmasti nukkunut, siis ollut puolitajuton iltapäivälle asti."

"Onko sinulle ennen sattunut tällaisia kohtauksia, ... vai miten sen sanoisin?"

"O-on, on niitä joskus ollut."

"Onko sinulla ystävää tässä lähellä, joka voisi hädän tullen auttaa?"

"No, ne ovat enemmän muualta tulevia, lähes satunnaisia, mutta hyviä ihmisiä..."

"Saanko kysyä, mistä sinä tiedät jonkun oveasi koputtavan henkilön hyväksi ihmiseksi, jos et yhtään tunne häntä?"

"Ovellani seisoo usein saarnaajia. He ovat hyviä keskustelijoita ja kuuntelijoita. Tosin minun luona käy heistä vain muutama mies. Saan heiltä sen rauhan ja lämmön tunteen..."

Leena jäi syömään ja Mirja nukkumaan Veijon lähtiessä.

Viimeinkin oli se perjantai jolloin Veijo sai mennä Lottaa sairaalaan tapaamaan. Sinnekin hän polki pyörällä. Tuo ulkoilulaji kävi aivojen tuuletuksesta varsinkin nyt, kun piti asennoitua uudella tavalla itseensä sekä Lottaan nähden. Nyt oli punnittava tarkkaan mitä vastaan Mirjaa koskeviin kysymyksiin.

Tasan kello yksitoista Veijo koputti lääkärin toimiston ovea. "Täsmällistä", totesi lääkäri hyvän huomenen lisäksi. "On ollut tosi hiljaista Lotan kanssa. Hän ei suostu minkäänlaiseen yhteistyöhön. Kokeillaan reagoiko hän sinuun. Mene sinä Lotan luokse, minä seuraan sivusta ainakin ensin. Älä odota liian suuria, ettet pety." Veijon koputukseen ei vastattu, niinpä hän astui ovesta Lotan huoneeseen. Hämyisen huoneen sängyssä, täysin täkkinsä peitossa makasi kalpea Lotta ilmeettömän, melkein elottoman näköisenä. Kylmät väreet puistattivat Veijoa. Tuo ilmeetön möykkykö on vaimoni?

"Hei Lotta! Haenkin meille kahvit aivan ensiksi. Saat rauhassa nousta ylös sillä aikaa. Sitten minä harjaan hiuksesi!" Melkein henkeään pidättäen Veijo livahti käytävään, ja suuntasi juoksuaskelin kahvioon. Pian hän harppoi Intoa puhkuen, kahvimukeja kantaen Lotan huoneeseen. "Hei kaunokainen, tässä on kahvit ja taskupullat. Eiväthän ne aivan rutistuneet", hän puhui pöydänpäässä istuvalle Lotalle. "Saanhan harjata sinun hiukset ensin? Onko harjasi tuossa laatikossa?" Lotta nyökkäsi, Veijo etsi, ja löysi harjan. "Tätä olen halunnut, ja haluan aina tehdä", sanoi Veijo harjatessaan vaimonsa hiuksia. Lotta ei vieläkään sanonut mitään, mutta Veijo ei menettänyt toivoaan. Olihan Lotta noussut kuitenkin sängystä ylös, ja antoi harjata hiuksensa. Kahvia juodessaan Veijo jutteli niitä näitä. Välillä hän kokeili helpoilla Lottaa koskevilla kysymyksillä, mutta vastauksia ei kuulunut, eikä kasvojen ilme edes värähtänyt. Viimein Lotan suusta tuli pieni pihaus. Samalla hetkellä kävi hänen silmissään häivähdys jostakin. Oliko se pelkoa, surua, vai avuttomuutta. Veijo ei jäänyt sitä vielä miettimään, vaan siirtyi vaimonsa vierelle, silitteli tämän kasvoja ja hiuksia. "Hiuksesi kiiltävät niin kauniisti ja kahvi sai poskiisi nätin punan. Saanhan hieroa harteitasi ja käsivarsiasi? Menisitkö istumaan tuohon sänkysi reunalle?" Lotta nyökkäsi, ja siirtyi äänettömästi sänkynsä laidalle istumaan. Huoneen ovelle kopautettiin kevyesti. Lotan lääkäri tuli huoneeseen.

"Piipahdin katsomaan mitä tänne kuuluu? Täällähän on hieroja paikalla, ja päiväkahvit on juotu."

"Ja hiukset harjattu. Käymme ehkä kävelylläkin, vai mitä Lotta?" Tätä sanoessaan Veijo iski silmää lääkärille, että tämä huomaisi, kuinka Lotta vastaa kysymykseen vain päännyökäytyksellä, ja hänen suunsa hapuilee sanoja samaan aikaan. "Hyvä niin, minä jatkan kierrostani, hoitakaa te toisianne. Nähdään taas", sanoi lääkäri vilkaisten kysyvästi Veijoa.

Veijo huomasi, että kevyt hieronta ja muutaman askeleen kävely käytävässä otti Lotan voimille. Hän palautti potilaan sänkyynsä ja peitteli kuin pienen lapsen iltasadun jälkeen. Pian Lotta nukahti.

Nyt minulla on kuin kaksi lasta, enkä kumpaakaan osaa hoitaa, mietti Veijo surullisena. Jos Lotta olisi pystynyt kysymään Mirjasta, niin en olisi voinut kertoa lapsesta enkä hoitopaikasta mitään. Kaikkein vähimmän Mirjan hoitajasta. Enempää en nyt kestä itseäni ja tekemisiäni ajatella, eikä omantunnon kolkutuksia kuunnella. Menenkin tästä lääkärin toimistoon puhumaan Lotan asioista, hän kuittasi ajatuksensa.

"Huomasin saman kuin sinäkin, aloitti lääkäri. Olin jo epäillyt, että Lotan puhekyky on ainakin osittain halvaantunut. Pyysinkin jo huomiseksi hyvän neurologin katsomaan häntä ja suorittamaan ensitilassa kaikki tarvittavat lisätutkimukset."

"Tässä on siis kysymys muusta kuin synnytysmasennuksesta ja uupumuksesta. Olenko oikeilla jäljillä?" kyseli Veijo kyynelsilmin.

"Todennäköisesti. Ehkä viimeisin kohtaus on laukaissut jonkin asian jota emme vielä tiedä. Uskon, että pystymme hoitamaan hänet täysin kuntoon kun saamme ensin oikean diagnoosin."

Sairaalasta lähtiessään Veijo kurkisti Lotan huoneen ovelta nähdäkseen nukkuuko hän. Oven narina sai potilaan havahtumaan. Lotta nosti kättään peittonsa alta. Veijo ei tiennyt tarkoittiko tuo hänelle tule vain mene, niinpä hän päätti ottaa siitä selvän. Hän tuli lähelle, ja tarttui Lotan käteen. Se oli kylmä ja hikinen. Niin oli hänen otsakin ja posket hehkuivat. Lotan koko vartalo värisi peiton alla.

"Lääkäri tänne ja pian!" kaikui Veijon huuto käytävälle.

Aivan hetkessä apu tulikin. Valkotakkiset henkilöt liikkuivat nopeasti ja lähes äänettömästi Lotan ympärillä. Toiminta oli tehokasta. Hetkessä potilas oli paarilla, ja kärrättiin odottavaan ambulanssiin. "Hänet viedään toiseen sairaalaan", huikkasi lääkäri Veijolle.

Sairaalan käytävässä seisoi nyt voimaton ja sanaton elämän kolhima yksinäinen mies, jolta otettiin hetkessä viimeinenkin oljenkorsi, vähäisin ilon ja toivon hitunen. Voimattomuus ja ahdistus rutistivat itsetuntoa, jota huonon omantunnon soimaavat äänet vielä lisäsivät.

Illalla työvuoronsa päätteeksi Veijo sai tietää, että Lotta on tuotu tutkimuksiin hänen työpaikkansa potilasosastolle. Onkohan hän minun osastollani, onko se hyvä vai paha asia? Ehtisin käydä kysymässä. Ehtisin, mutta en jaksa. Mitähän työkaverit ajattelevat, kun en mene tänään edes kysymään Lottaa, ja ilmestyn huomenna työvuorooni kuin ei mitään olisi tapahtunut? Pitäisikö ainakin käväistä? Jospa kuitenkin lähden nyt käymään, ei tarvitse aamulla työaikaa haaskata.

Osatonhoitaja oli vielä paikalla. Hän kertoi, että nyt on otettu Lotasta vain verikokeet, mutta aamulla aloitetaan laaja-alainen tutkimus, joka tehdään osaston ylilääkärin johdolla.

"Lotta on nyt aika avuttomassa tilassa. Hän luulee jotenkin itse aiheuttaneensa kaiken tämän."

"Puhuiko Lotta teille? Mitä hän sanoi? Minulle hän ei puhunut mitään."

"Hän nosteli käsiään. Hän oli kuin ilmaan piirtävinään, annoin hänelle kynän ja paperia, ja hän kirjoitti joitakin sanoja."

"Mitä hän kirjoitti?" kysyi Veijo hätääntyneenä.

"Sanoista en voi olla varma, mutta jotain minä rikki... apua ja olisiko ollut nimi Mirja. Sinä voit aamulla käydä hänen luonaan pienen hetken. Huone kolme, sama kuin aikaisemminkin."

Aamulla Lotan huonetta kohti mennessään, Veijo

kertaili mielessään hoitajan sanoja "hän luulee jotenkin itse aiheuttaneensa". Tuo tarkoittaa, että Lotta kirjoitti enemmän kuin muutaman sanan. Enempää ei jäänyt aikaa asiaa ajatella, sillä hän oli juuri Lotan huoneen ovella.

"Hei Lotta, tulin niin pian kuin voin."

Potilas makasi kuin patsas seinää tuijottaen, kylmä ilme kalpeilla kasvoillaan. Vain silmäluomien liikkeistä saattoi päätellä hänen olevan elossa. Veijon sydänalassa liikahti. Oliko se pakokauhua? Hän puraisi huulensa tiukasti yhteen, ojensi selkänsä, ryhdisti mielensä, ja lähestyi Lottaa. "Saanko taas harjata hiuksesi? Nousisitko istualleen, saanko auttaa?"

Lotta huitaisi kädellään voimakkaasti, kuin ilmaa leikaten. Hänen kasvoilleen nousi vihanpuna ja huulien raosta kuului kuinka Lotta yritti kuiskata Mirjan nimeä. "Ymmärränkö oikein, että haluat nähdä Mirjan? Nyökkää vastaukseksi." Lotta nyökkäsi katsoen seinään. Yhtään kertaa hän ei edes vilkaissut Veijoon päin. "Lupaan, että järjestän asian. En tiedä miten sen teen, mutta pääset näkemään Mirjan jonakin päivänä. Haluatko, että juttelen sinulle? Saanko istua sänkysi laidalle?" Ennen kuin Veijo pääsi kysymyksensä loppuun, viuhahti Lotan käsi vihaisesti ilmassa, ja kasvojen kivettyneestä ilmeestä saattoi lukea "mene pois!"

Sairaalan pitkää ulko-ovelle johtavaa käytävää käveli mies, joka tunsi vanhentuneensa kymmenen vuotta kymmenessä minuutissa. Lasiovista välittynyt omakuva puhui samaa. Veijon teki mieli pysähtyä ja kysyä kuvalta, miksi näin on käynyt ja olenko minä syyllinen. Mutta pysähtyä ei voinut, oli vain mentävä. Asunnolleen tultua hän heittäytyi oikopäätä kaikki vaatteet päällään kengät jalassaan sängyn päälle selälleen, ja antoi itkun tulla. Itkeminen toi hetkellisen huojennuksen hänen tuskaansa, mutta vilkaisu kodin huoneisiin ja Mirjan tyhjään sänkyyn saivat aikaan suorastaan pakokauhun.

"Minä tukehdun tänne, on päästävä pois!", hän hoki itselleen.

Takki oli päällä kengät jalassa, ja pyörä ulkoseinän vieressä odottamassa. Eteisen kynnykseltä vielä silmäys sisälle, kuin anteeksi pyytäen, ettei voinut viipyä pitempään. Ulko-ovi rämähti aukaisusta ja saman verran ääntä sai aikaan sen lukitseminen. Pian pyöräänsä polkeva mies oli näkymättömissä. Hullu päämäärätön meno jatkui jatkumistaan. Matka tai siihen käytetty aika ei miestä kiinnostanut ei myöskään se, mihin tie vei. Nyt oli vain mentävä. Oli päästävä tarpeeksi kauas tästä tukahduttavasta olotilasta. Kevyenliikenteen väylä oli ajat sitten vaihtunut soratiehen. Ensin se pidätteli vähän vauhtia ja nakkeli miestä. Mutta jossain vaiheessa sekin oli vaihtunut kapeaksi, mutkaiseksi kinttupoluksi, jonka pinnalla polveilivat puiden juuret, joista vahvimmat käänsivät kulkupelin eturattaan melkein poikittain. Vauhti pysähtyi, ja mies lensi kaaressa pusikkoon päin isoa kiveä.

Tajunnan palatessa Veijo tunnusteli itseään. Otsasta ja kämmenistä tuli verta, housun polvet oli rikki, ja sieltäkin tihkui veri. Hän oikoi kipeitä jäseniään, käänteli päätään ja etsi silmillään pyöräänsä. Tuolla se on muutaman metrin päässä. Sen luokse oli nyt päästävä ja sen avulla apua haettava. Pyörä oli muuttanut muotoaan. Eturatas oli nyt enemmän kahdeksikon mallinen ja koko etuosa aivan linkussa. Veijo seisoi hölmistyneen näköisenä ihmetellen kummallisen näköistä ajokkiaan. Yllättäen hänen vierelleen ilmestyi mieshenkilö. "Sattuiko kolari kiven kanssa? Tässä paikassa on moni saanut kovan tällin. Eipä hätää, minä autan. Minulla on mökki tuossa lähellä. Kävellään sinne ja tuumitaan mitä teemme."

Apu oli tervetullut. Mies avusti Veijoa ja kantoi selässään pyörän romua. Perille tultuaan hän puhdisti

Veijon kasvot ja kämmenet nähdäkseen tarvitaanko johonkin haavaan ompeleita. Niitä ei hänen tutkimuksen mukaan tarvittu, laastarit hoitivat asian. Seuraavaksi potilas sai puhtaat vaatteet sitten syötävää ja jälkiruoaksi kuuman tuhdin totin. Toisen totin aikana ehdittiin tutustua toisiinsa. Veijo esitteli ensin itsensä, työnsä, ja viimeaikaiset vastoinkäymiset, joihin liittyen hän teki pyörällään tämän "kivipainin". Mies sanoi olevansa yksineläjä ja nimeltään Reksa. Veijon viikonloppuvapaa kului Reksan hoidossa hyvinkin mukavasti. Nautittiin ruokaa, juomaa ja saunaa vuorotellen ja yhtä aikaa. Elettiin kuin lomaparatiisissa konsanaan. Saunan löylyssä laantuivat mustelmat ja pikku naarmut iholta, ja sisäiset haavat painuivat jokaisen löylykauhallisen myötä aina vain syvemmälle unohduksen suohon.

Reksan hoitoon liittyi lauantai-illan kapakkareissu. Menomatkan aikana Veijo ei välittänyt kysellä mihin mennään, eikä paikasta missä ollaan. Hän oli nyt Reksan vieraana nauttien tämän tarjoilusta. Lasi ei ehtinyt tyhjetä, kun uusi tuotiin pöytään. Melu ja tupakansavu estivät näkemästä ja kuulemasta ympärillä olevia, eikä ollut kiinnostustakaan. Oli vain Veijo ja Reksa.

Myöhemmin illalla joku nainen lysähti vapaana

olleeseen tuoliin. "Si ... sinäkö täällä? Et ... varmaan tunne?" Leena tässä, hän sopersi. "Onko Mirja missä?", Veijo mölähti. "Hän on kotona, hyvässä hoidossa."

Seuraavana päivänä Veijo heräsi Reksan mökillä päänkipuun ja ahtauteen. Eilen heitä oli kaksi, ja nyt neljä pahalle haisevaa henkeä lattialla vieripetillä kuin silakat tynnyrissä. Mitä on tapahtunut, hän mietti, mutta sen pitemmälle hän ei ajatuksessaan päässyt, eikä jaksanut keneltäkään kysyä. Hän painoi päänsä alas vaatemytyn päälle ja nukahti uudelleen.

Päivä oli jo pitkällä, kun mökin asukkaat heräilivät. Reksan vieressä oleva nainen heistä ensimmäisenä. Veijo seurasi silmäkulmallaan naisen pukeutumista, siinä oli jotain outoa. Tämä näyttikin olevan enemmän kiinnostunut miesten vaatteista, päällyshousuista enimmän. Kesti vielä hetken ennen kuin Veijon krapulainen mieli tajusi naisen etsivän lompakkoa vuoroin kummankin miehen takataskusta. Reksan taskusta sitä ei löytynyt. Hän tunsi vieraansa, ja oli ottanut lompakon päänsä alle, mutta Veijo ei osannut tuohon varautua. Nainen löysi etsimänsä ja oli syöksymässä ulko-ovea kohti, kun Veijo repäisi itsestään kaiken voiman irti, ja syöksyi naisen kimppuun. Hän sai tämän sääristä pitävän otteen. Nainen kaatui otsalleen päin ovea. Se avautui selälleen. Nainen löi kasvonsa oven edessä olleeseen isoon kiveen, joka toimi mökin portaana. Leena ja Reksakin heräsivät meluun. Tilanteen vakavuus sai heidät kaikki lähes toimintakykyisiksi. Mökin ainoa sänky, joka toimi myös istuimena, oli nyt hoitopöytä. Nainen nostettiin siihen ja käännettiin kasvojen puhdistamisen ajaksi selälleen.

Veijo astui sairaanhoitajan rooliin. "Vettä ja puhdas räsy", hän komensi hoippuvia apulaisiaan. Muutamien puhdistuskertojen jälkeen kasvojen haavojen veren tulo lakkasi. Onneksi ne olivat vain pintanaarmuja. Sitten seurasi potilaan raajojen tarkistus. Säärissä ei ollut mitään, sen Veijo tiesikin, mutta käsivarsien oikaiseminen vaikutti tosi tuskalliselta. "Ensin vasen", hän sanoi potilaalle. "Hyvin menee", tunnustelen vielä nivelet. Naisen oikea käsi vaikutti olevan jostakin kohti poikki. Veijo nosti sitä varovasti ensin aivan vähän, lisäsi liikettä, sivellen varovasti käsiterään päin. Ranteessa tuntui jotain outoa. Naisen käsiterän ote herpaantui. Sieltä putosi Veijon lompakko.

Viikonlopusta ei ollut paljon muistelemista, eikä Veijo muistanutkaan. Tyhjään hylätyn tuntuiseen kotiin paluu sunnuntai-iltana oli todellinen henkien taisto. Se löi kipeästi vasten kasvoja, raapi ja rankaisi omaatuntoa. Se syytti ja vaati tilille miestä joka oli pilannut, pettänyt ja hukannut kaiken.

Maanantaiaamuna oli mentävä töihin. Reksa lainasi pyöräänsä, ja lupasi toimittaa Veijon oman ajokin korjattavaksi. Työpaikalle polkiessaan Veijo mietti miten kertoisi työkavereilleen poskien naarmut syntyneen. Hän huomasi tienvarrella aitapensaitaan leikkaavaan mieheen. Tuossa on ideaa, olin auttamassa tuttavaani, ja ylimpiä oksia leikatessani koko nippu tuli silmilleni. Ja tiedättehän, hän jatkoi ajatustaan, että "rutturuusu" on todella piikikäs!

Aamupäivän työkiireisiin oli helppo hukuttaa sääliä kaipaava itsetunto, ja esittää olevansa sama vastuuntuntoinen aviomies ja nuori isä kuin ennenkin. Jonkun työkaverin kysymykseen Mirjasta tai Lotasta ei nyt ollut aikaa isommin paneutua: "Kaikki hyvin" sai riittää. Piti vain entistä tarkemmalla korvalla kuunnella potilasta, joka jaksoi aina vain valittaa samoista, olemattomista asioista.

Koko työvuoronsa ajan hän pakeni todellisuutta etsien suojaa heikolle haavoittuneelle minäkuvalle. Oli löydettävä paikka, johon hukata koko kuvottavan olemuksensa, ja riisua päältään pois oksettavan pellenasun.

Itsesäälin ajatuksia olisi riittänyt vaikka kuinka pitkälle, mutta käytävään ilmestynyt ylihoitaja keskeytti:

"Onneksi tavoitin sinut Veijo. Lottaa hoitava lääkäri oli yrittänyt tavoittaa sinua onnistumatta siinä. Hän soitti minulle. Tässä on numero ja osoite."

"Kiitos vaivasta, Veijo supisi. Hän pisti hoitajan antaman paperilapun taskuunsa, ja asteli ulko-ovea kohti. Pieni kävelylenkki jalkakäytävällä rauhoitti mielen. Sitten saattoi palata takaisin sairaalan aulaan mennäkseen puhelinkoppiin. Mutta sekään ei onnistunut. Ensin piti mennä vessaan, ja sitten rohkaistua soittamaan ylihoitajan antamaan numeroon.

"Tässä on Veijo Vuollo, Lotan aviomies, pyysitte soittamaan."

"Aivan niin, meidän pitää keskustella Lotasta."

"Onko jotain tapahtunut?"

"Miten sen sanoisin. Asia on niin, että Lotta on pidettävä lepositeissä yötä päivää muuten hän rikkoo koko osaston. Hän on hyvin säälimätön sekä itseään, että toisia kohtaan. Haluaisin puhutella teitä, onko tiedossanne jokin tekijä hänen itsesyytöksilleen."

"Puhuuko Lotta teille?"

"Jotain sekavaa. Hänen kasvot ovat aivan kauhun vallassa. Lisäksi hän kieltäytyy täysin kaikista päivärutiineista. Hän ei syö eikä juo, eikä häntä saada suihkuun edes pesutuoliin sitoen."

"Tulen käymään huomenna iltapäivällä, sopiiko kello viisitoista, olen aamuvuorossa töissä?" Se sopi lääkärille.

Veijo kaatui sänkyynsä illalla, ja yön siinä pyörittyään oli valmis aamuvuoroon.

Työtä oli paljon. Aamun rutiineihin kuuluivat aamulämmöt, lääkkeet, pesut ja aamiaiset. Tänään potilailla tuntui olevan tavallista enemmän tarpeita ja toivomuksia. Aikaisemmin niiden kuuntelu jopa tympäisi, mutta nyt ne olivat kuin musiikkia Veijon korville ja mielelle. Työkaverit katsoivat ihmeissään, kun Veijo aivan halaili erästäkin mummoa, joka aina vain valitti kaikesta. Mikään ei koskaan ollut lähellekään hyvin. Tänä aamuna mummon mieli pehmeni, hän antoi Veijon harjata hiuksetkin. Sitäkään ihmettä ei tapahtunut toisten hoitajien kohdalla. Mummo katseli Veijon kasvoja ja puhkesi puhumaan: "Ihminen vaistoaa, kuka hänestä välittää", hän jutteli. "Sen aistii vaikka olisi kuuro ja mykkä. Välittäminen avaa kaikki kanavat. Sinulle minä voisin puhua vaikka koko päivän. Aistin, että sinäkin kaipaat keskustelua ja ihmistä joka välittää?"

"Kyllä, keskustelu rauhoittaa mieltä tässä elämän

myllyssä", tuli Veijolta kuin huomaamatta.

"Tämä vaistoamisen lahja on vain herkillä ihmisillä, ja ehkä enemmän naisilla, mummo jatkoi. Siinä on huonotkin puolensa. Voi vaistota sellaisiakin asioita, jotka rasittavat, jopa pelottavat."

Koputus ovelle, ja lääkärin tulo huoneeseen katkaisi keskustelun. "Hyvä niin", ajatteli Veijo, "mummo olisi pian vaistonnut koko risaisen elämäni."

Veijon työvuoro kului nopeaan, se tuntui alkavan ja päättyvän yhtä aikaa. Tänään se olisi saanut kestää hänen mielestä kauemmin, ja mummon tapaisia juttelijoita olla enemmän. Mitä se mummo sanoikaan? Että ihminen, varsinkin nainen vaistoaa sellaisiakin asioita, jotka rasittavat ja pelottavat. Mirjan nimeä Lotta yritti sanoa minulle, ja huitoi menemään pois luotaan. Onko hän vaistonnut, että minä olen särkenyt kodin? Entäpä jos hän on jostain kautta saanut tietää minkälaisessa käärmeenpesässä Mirja on? Kaikkein kauheinta on se, ettei minussa ollut miestä ja isää katkaista heti alkuunsa tuo kaikki. Vaan pilasin pieneltä lapseltani hänen elämänsä tärkeimmän kehitysvuoden menemällä mukaan siihen helvettiin. Viime viikonlopun eläimellisellä elämällä vielä varmistin sen, että en voi koskaan, en mitään kautta hakea lapselleni oikeutta. Päinvastoin, menetin oikeuden itseenikin nähden. Itsesääliä ja henkistä ruoskintaa Veijolla riitti koko kotimatkalla ja sieltä matkalla mielisairaalaan, jossa Lotta nyt on hoidossa. Perille päästyään hän joi pikaisesti kupposen käytävän kahviossa, ja hakeutui sitten Lottaa hoitavan lääkärin toimistoon.

Arka ja häpeilevän näköinen mies oli tälle lääkärille yhtä mieluinen kuin hopealusikka harakalle. Sitä piti keikuttaa nokassa ja ilkkua naapureillekin. Veijo ei ehtinyt edes istua, eikä häntä siihen kehotettu, kun lääkäri ampui jo täydeltä laidalta. "Sanon heti aluksi sinulle, olet typerys. Eikö päässäsi edes käväissyt ajatusta kysyä vaimosi perään? Kolme vuorokautta olen yrittänyt saada yhteyttä. Turhaan. Sitten soitin lapsesi hoitajalle. Hän tiesi kertoa missä herra menee."

Veijon elämän tärkeimmät asiat luisuivat nopeasti kauas saavuttamattomiin. Hänen elämänpyöränsä oli alkanut pyöriä vastapäivään uskomattoman aikaisin. Päätökset oli tehty ja kirjoihin kirjattu.

Leena oli tehnyt kantelun lastensuojelulle heti ensitapaamisen jälkeen. Hän oli sanonut tehneensä pienen kokeen Veijon isällisyydestä kaljatuoppien äärellä, ja tuosta kokeesta ei voinut pisteitä antaa. Toisella kertaa hän oli mennyt viikonloppuna tarkis-

tamaan, josko miehen meno toistuu, ja toistuihan se.
Sitä sikailua ei voinut katsoa edes pienen matkan
päästä! Leena oli kirjoittanut. Vauvalle hän oli saanut
hyvän, luotettavan hoitajan molempien kokeiden
ajaksi, ja itse maksanut tälle. Leenan lausunnot oli
uskottu todeksi, ja miksei olisi uskottu, kun sano-
jensa vakuudeksi hän oli tarjonnut muitakin todista-
jia. Lisäksi Leena oli laittanut liitteen, jossa hän hyvin
syvällisin ilmaisuin anoi Mirja- vauvaa perhekoti-
hoitoon luokseen ainakin toistaiseksi. Onhan lapsen
edun mukaista, että häntä hoidetaan samassa rakas-
tavassa kodissa, kuin tähänkin saakka, oli hänen
kirjeensä loppukaneetti.

Leenan anomus oli käsitelty ja hyväksytty, asia oli
vauvan osalta sillä selvä. Viranomaisten piti saattaa
päätös Mirja-vauvan äidin tietoon. Se lähetettiin
Lottaa hoitavalle lääkärille, että hän potilasarvionsa
perusteella hoitaisi asiaa eteenpäin.

Lääkäri hoiti tehtävänsä oikeaksi katsomallaan
tavalla. Hän luki paperista niitä lauseita, joissa puhut-
tiin vauvan hyvästä hoidosta äidin toipumisen ajaksi,
ja listan alareunaan hän pyysi kuittauksen Lotalta.

Muutamia päiviä myöhemmin tullut paksu
kirjelmä kertoi Veijolle hänen perhettään koskevat
järjestelyt. Ensilukemalla tuntui hyvältä, ettei vauvaa

siirretä taas uuteen kotiin. Tarkemmin lukien ja ajatellen Veijo huomasi joutuneensa ansaan, josta ei ole ulos pääsyä. Hänen kohtalonsa oli sinetöity. Eikö kukaan tullut ajatelleeksi, että lapsen isänä ja Lotan aviomiehenä haluan osallistua perhettä koskeviin suunnitelmiin ja päätöksiin. En tullut edes kuulluksi. Minulle ei annettu minkäänlaista mahdollisuutta. Otsaani lyötiin hylkiön leima, mutta kuitenkin maksajan riville kelpuutettu. Murhamieskin saa puolustautua ja vankina ollessaan armoa anoa, mutta minulle tulleissa päätöksissä ei ole edes valitusoikeutta, mietti Veijo katkerana. Ainoa ilonpilkku oli se, ettei minua kielletty tapaamasta Lottaa eikä Mirjaa.

Varmaankin Leena on suunnitellut, että käyn lastani katsomassa, ja tietenkin niin teen, mutta siinä hän on ajatellut kaikkea muuta kuin Mirjaa. Hän kuvittelee, että sekoittamalla elämäni, ja murentamalla itsetuntoni rippeet hän voi ryvettää minua miten tahtoo. Olen ollut todella typerä, kun olen saattanut itseni tällaiseen sotkuun, ruoski Veijo itseään. Hän mietti ja suunnitteli mitä nyt tulisi tehdä. Lähteä vai jäädä, se oli ratkaistava heti. Vieraalla paikkakunnalla olisi ehkä helpompi päästä jaloilleen henkisesti. Mutta on oltava tarpeeksi lähellä vauvaa ja Lottaa, vaikka heistä kumpikaan ei häntä kaipaa, ainakaan tällä hetkellä. Jos nyt muuttaisin pois paikkakunnalta, osoittaisin Leenan väitteet todeksi. Siis pysyn täällä, ja puolustan paikkaani perheenisänä.

Arkipäivien työvuorot sujuivat Veijolta ongelmitta jopa vauhdilla, kunnes perjantai-ilta alkoi painaa päälle. Vapaa-ajasta oli tullut painajainen. Kotona ei voinut olla, eikä mihinkään mennä. Ainoa paikka olisi ollut kylän kaljapaari, mutta sen ansan Veijo aikoi kiertää kaukaa. Hän tarjoutui vapaehtoiseksi tuuraajaksi työpaikalleen. Muutamina viikonloppuina juttu toimikin kiitettävästi, sitten tuuraajan tarve hiipui ja loppui.

Eräänä perjantai-iltana Veijo päätti vilkaista baarista, olisiko Leena siellä. Voisin jutella hänen kanssa, kysellä Mirjasta, sopia milloin voisin käydä hänen luona. "Juomaan en ala, se on varma"!

Pöytien ympärillä olevat tuolit näyttivät olevan täynnä. Veijo päätti lähteä pois. Hän oli jo ovella menossa, kun kuului tuttu ääni.

"Älä mene, minulla on asiaa, tärkeää asiaa", soperteli Leena. "Tule hetkeksi istumaan, juon lasini tyhjäksi."

"Hetken voin istua, mutta mitään en juo."

Leenan lisäksi pöydässä oli kaksi miestä, Veijo tervehti molempia ja ilmoitti odottavansa Leenaa jutellakseen tämän kanssa.

"Mirjasta, siitä vauvasta varmaan. Se tyttö on suloinen ja kiltti. Olen monta kertaa ollut sen söpöliinin hoitajana, kun Leena on ollut asiakkaissaan, siis asioillaan. On se tuo Aarnekin ollut lapsenlikkana, silloin kun se on pystynyt ja puhematkoiltaan ehtinyt. Me on auteltu tuota Leenaa monellakin lailla."

"Elä helkkarissa aivan kaikkea kerro. Tuo Masa se on niin avomielinen. Eihän se näin mukin ääressä haittaa, mutta olen muutamia kertoja ottanut sen tiimiin, kun menemme ovelta ovelle puhumaan, silloin pitää vähän ajatella mitä suustaan päästää."

Leena oli käväissyt tiskillä ja tuonut neljä pulloa pöytään, yksi niistä oli Veijolle. Aivan huomaamatta se pullollinen ja toinenkin päätyi Veijon nieluun. Juttua alkoi häneltäkin tulla. Muutama kuvaus isän suhteesta lapseen, joka jatkui Itkuisella mielenpurkauksella. Surullinen tarina yksinäisyydestä johon kertoja itse oli joutunut, oli todella vakuuttava ja vaikuttava.

Masa ja Aarne lohduttivat itkevää Veijoa. He kertoivat vuorotellen ja yhtä aikaa törkyjuttuja puhujamatkoiltaan, ja Leena nyökytteli heidän sanojensa vakuudeksi. Juomaa kului. Veijonkin mieliala kohosi, ja murheet unohtuivat.

Muutamia päiviä myöhemmin Veijolle ilmoitettiin,

että viranomaiset olivat saaneet tietoonsa Leenan juopottelun ja hoitolasten laiminlyönnin. Tapahtumat olivat pitkältä aikaväliltä, joten irtisanomista ei tarvittu, vaan Leenan työsuhde purettiin välittömästi. Mirjan uudeksi kodiksi tuli lastenkoti. Uusi koti oli valoisa ja siisti, jossa päivärutiinitkin oli lapselle mieluista seurattavaa. Mirjan henkinen vireys ja kehittyminen lisääntyivät lyhyessä ajassa toisten lasten joukossa.

Myös Lotassa näkyi elpymisen merkkejä. Hän oli virkeämpi ehkä iloisempi ja ymmärtävämpi kuin ennen. Innostuksensa uusiin asioihin, erikoisesti puhumiseen hän osoitti ilmeillään ja muutamilla äännähdyksillä. Puheterapeutti yllätti Lotan sanomalla, että tämä oppii kilpaa tyttärensä kanssa puhumaan. Samalla hän näytti valokuvaa Mirjasta, jossa pieni kiharapää ojenteli käsiään leikkiaitauksesta. "Hän... minua" sanoi Lotta.

Lotan toipumisessa hyväksi todettu yhteys Mirja-vauvaan sai häntä hoitaneen lääkärin todella innostumaan. Hän pyysi saada valokuvia Mirjasta, ja koko lapsiparvesta sekä heidän piirroksiaan. Pyyntöön vastattiin valokuvilla ja isolla kasalla piirroksia, joissa värikkäät kiemurat kulkivat ristiin rastiin paperiarkin nurkasta toiseen.

Lääkäri ohjeisti Lotan hoitajia. Kuvia ja piirroksia ei anneta hänelle kerralla, vaan molempia yksi päivässä. Näin saadaan Lotan mielenkiintoa tuettua jatkumaan päivästä toiseen, eikä masennukselle jäisi tilaa.

Hoitajat, kukin vuorollaan toimivat annetun ohjeen mukaan. Valokuvaa ja piirrosta näyttäessään hoitaja keksi niihin liittyvän lyhyen tarinan, joka päättyi lupaukseen huomisesta uudesta kuvasta. Päivä päivältä Lotan virkeys ja sanavarasto kasvoi. Hoitajien tarinat, kuvat ja piirrokset saivat aikaan jonkin takautuman. Ne palauttivat hitaasti mieleen tärkeän pätkän hänen elämää. Se oli pätkä, jota hän ei muistanut, jonka ohi hän oli tahtomattaan kulkenut.

Eräs hoitaja osasi seurata Lotan mielen liikkeitä, eleitä ja sanojen hapuilua todella hyvin. Lähes aina hän osasi laittaa puuttuvan sanan oikealle paikalle, ja asian sommittelu jatkui. Tänään oli käsillä valokuva, jossa Mirja piirtää. Lotta katsoi kuvaa, ja piirsi kädellään kiemuroita ilmaan, katsoi hoitajaa, ja sanoi "Tämä". Hoitaja kysyi, tarkoittaako hän kuvaa, jota Mirja piirtää? "Minä haluaa" sanoi Lotta.

Hänelle annettiin Mirjan viimeisin piirros. Siinä oli harmaita ja tummia mutkittelevia viivoja joka suuntaan. Lotta katsoi sitä erityisellä hartaudella, löysi yhden vaalean punaisen sykkyrän paperin reunasta, silitteli sitä sormellaan ja sanoi "Haluaa tulla". "Tarkoitatko, että Mirja tahtoo tulla sinun luona käymään? "Haluaa". Lotan vastaus tuli empimättä, monella pään nyökäytyksellä vahvistettuna. "Me ymmärrämme toisiamme. Kiitos, että olet jaksanut ahertaa kanssamme. Sinä ansaitset palkintosi, ja tulet saamaan sen", hoitaja vakuutti huoneesta poistuessaan.

Lottaa hoitaneen lääkärin käymä neuvottelu lastenkodin johtajan kanssa onnistui yli odotusten. Sieltä ilmoitettiin, että he voivat tuoda kahden päivän kuluttua Mirjan käymään äitinsä luona. "Mitään tämän suuntaistakaan emme ole koskaan aikaisemmin hyväksyneet, tämä on siis erikoislupa erikoistapaamiselle", luki viestin helmassa.

Lastenkoti ja sairaala sijaitsivat muutaman kilometrin päässä toisistaan. Laitosten vastuuhenkilöt tunsivat toisensa, ja kunnioittivat toistensa hoitomenetelmiä. Tämän erikoistapauksen päähenkilöiden elämänpyörteissä he molemmat olivat olleet mukana näkymättöminä aikaisemmin, mutta tämän tapaamisen he kumpikin halusivat kokea henkilökohtaisesti.

Nyt oli se päivä. Lastenkodin johtaja kyyditsi Mirjaa omalla autollaan, missä Mirja istui hoitajan sylissä. Lotan huone, myös Lotta itse oli siistitty erikoisella tarkkuudella. Kukkakimppu maljakossa ja ikkunasta paistava aurinko loivat huoneeseen juhlan tunnun. Lotta liikkui huoneessaan kuin aave, kurkkien sen jokaiseen nurkkaan, nuuhkien kukkia ja valoa ihaillen. Sitten hän istuutui tuoliin odottaen jännittyneenä oman pienen Mirjan tuloa. Kaksi hoitajaa tuli ensin, toinen heistä kantoi Mirjaa, sitten kaksi miestä valkoisissa takeissaan.

Tulijat yrittivät tervehtiä Lottaa kädestä pitäen, mutta se ei ollut mahdollista. Lotan silmät ja kädet tarttuivat lapseen. Hän ei nähnyt eikä kaivannut muuta. Hän nosti Mirjan sänkynsä päälle, ja aukoi paksummat peitot. Mittaili silmillään lapsen käsiä ja jalkoja, hyväili kasvoja ja hiuksia. Nosti Mirjan syliinsä, katsoi vieraitaan ja sanoi "Kii..tos."

Lotan kasvojen ilme ja silmät kertoivat vieraille sen, mitä hän ei osannut ääneen sanoa. Se oli nöyrä pyyntö, antakaa minulle oma pieni hetki lapseni kanssa.

"Saatte olla tunnin aivan kahden", lääkäri lupasi. "Soita kelloa jos tarvitset apua. Me tulemme tunnin kuluttua. Sopiiko se sinulle?" Pään nyökäytys Lotalta oli hyväksynnän merkki, ja vieraat poistuivat käytävään.

Palatessaan Lotan huoneeseen heitä odotti uskomattoman kaunis näky. Lapsi nukkui sängyn päällä, äiti istui hänen vierellään, silitteli lasta kevyesti, ja hyräili hiljaa "Siunaa ja varjele meitä" nuottia hymisten.

Tilanne oli monellakin tapaa uskomaton ja ennen kokematon sekä lääkäreille, että hoitajille. Myöhemmin pitämässään palaverissa lääkäri kertoi, kuinka he tuon kohtaamisen jälkeen pystyivät ymmärtämään ja uskomaan, että ihmistä voidaan hoitaa henkisellä tasolla, ilman lääkkeitä, potilaan äänettömiä merkkejä lukien. Tässä tapauksessa potilas oli tukehtunut sisäiseen tuskaansa käsittelemättömien asioiden takia, josta ei ollut ulospääsyä. Eikä perääntymisen mahdollisuutta. Oli vain yksi tie, täydellinen tietämättömyyden tila koko koneistolle tarpeellisen pitkäksi ajaksi. Kysytte varmaan, entä herääminen? Tässä tapauksessa oma lapsi herätti äitinsä ehkä viestien, vahvistu, ja tule kotiin", lääkäri kertoi.

Työkaverit puhuivat keskenään, mikä Veijolle on tullut. Työnsä hän hoiti, siitä ei ollut kyse. Mutta hänen poissa oleva hapuileva ilmeensä, yksikseen hakeutuminen ruokailussa ja tauoilla, eivät aikaisemmin kuuluneet hänen käytökseensä. Työvuorosta lähtiessä kuului vain alavireinen "hei", eikä aina sitäkään. Veijo ei tuntenut tarvetta kertoa, eikä kukaan rohjennut kysyä syytä muutokseen. Jotain huhuja liikkui kylällä, lisäksi arvailtiin ja kuviteltiin. Villeimmissä tarinoissa kerrottiin, kuinka Veijo on ollut osallisena jossain mökissä tapahtuneeseen melkein tappoon, joutunut siitä vastuuseen, ja menettänyt kaiken. Yhteiskunta otti vauvan hoiviinsa, vaimo meni murheesta sekaisin ja hänet otettiin hoitoon. Veijolle jätettiin vain työn ja maksamisen velvollisuus. "Ei olisi uskonut tuosta miehestä", tuntuivat puhelinpylväätkin kuiskivan!

Työsuhdeasunnon vuokrasopimus oli Lotan nimissä, ja sopimusaikaa oli melkein kaksi vuotta jäljellä. Työssä käyminen ja vuokran maksaminen säilyttivät Veijolla oikeuden siinä asumiseen. Hiljainen mies asui hiljaista ilotonta kotia. Viikonloput ja muut vapaapäivät olivat kaikkein vaikeimpia. Veijosta tuntui, että mikään ei ollut sillä tavalla omaa, että siihen saisi koskea. Kahvipannu oli ainoa poikkeus, sitä sai käsitellä joka aamu, mutta kaikki muu sai uinua rauhassa myös verhot ja radio. Uloskaan ei voinut mennä, ei edes portaille istumaan. Töihin tai kauppaan lähtiessä sai kiireesti juosta raput, ja siepata pyörän seinustalta, polkea kuin henkensä edestä, olla huomaamatta ketään tai mitään.

Väkisinkin joskus mielikuviin tulivat vaimo ja tytär. Aluksi Veijo torjui ajatuksetkin heistä, mutta viikkojen kuluessa, itsetunnon kasvaessa hän uskaltautui roolipeliin itsensä kanssa. Pelissä hän oli ensin kuulijana. Hänelle kerrottiin mitä oli tapahtunut. Sitten oli hänen vuoro ottaa osaa, kertoa oma näkemyksensä asiasta, ja kuinka hän ongelman selvittäisi. Päivä päivältä tuli selvemmäksi, että itse on tartuttava asiaan, kukaan toinen sitä ei voi tehdä, ja tuskin kukaan haluaisikaan.

"Soitan Lotan lääkärille, ja pyydän saada käydä hänen luonaan, ehkä samalla saisin käydä Lotankin luona? Jospa Lotta osaa taas puhua? Puhuisiko hän minulle mitään vaikka osaisikin? Anteeksiantoa en voi odottaakaan. Jos saisin edes nähdä hänet. Tuo toive oli unelma, jonka eteen hänen oli panostettava. Oli tehtävä muutos omassa itsessä, ja kasvettava henkisesti. Tehdyt virheet tuli tunnustaa ensin itselle sitten toisille," opetti Veijo itseään.

Veijon mieliala alkoi hiljalleen kohota. Hänen ulkoinen olemus ja käytöksensä parani sen myötä. Lätsä ei ollut enää silmien päällä ja pusero oli napitettu. Naapureita saattoi taas tervehtiä iloisin ilmein. Asunnon verhot olivat päivisin auki, ja sisällä kuului radion ääni.

Lotan lääkärille soittaminen oli tärkein ja ensimmäinen osa suunnitelmaa. Puhelinkoppiin meneminenkin vaati kovan ponnistelun, ja monta turhaa yritystä. Tuo tuttu koppi oli muuttunut, sillä tuntui olevan silmät ja korvat, se tuntui tietävän Veijon ajatuksetkin ja nauravan Veijolle. Soittaminen sai jäädä tälläkin kertaa, vaikka hän oli niin varmasti päättänyt tänään sen tehdä. Hän oli viivytellyt ja odotellut, että kaikki työkaverit lähtivät koteihinsa, ettei kukaan kuulisi mitä hän puhuu ja kenelle.

Kotiin päin polkiessa nousi mieleen muistikuva lapsuudesta, jolloin puhelinkopista oli tullut mörkö. Isä oli riehunut humalapäissään kotona ja pahoinpidellyt äitiä. Särkenyt kaiken minkä käteensä sai. Veijo sattui tulemaan paikalle isän vielä möykätessä, äiti sai sanottua hänen korvaansa "Mene soittamaan poliisi". Pienen kylän ainoa puhelinkoppi oli reilun kilometrin päässä. Veijo polki kuin sutta pakoon ja hoki mielessään poliisilaitoksen numeroita, jotka äiti oli ne hänelle mieleen painanut. Ja sanonut, että pesueen vanhimpana poikana hänen tuli osata niitä myös tarvittaessa käyttää. Puhelimeen tarvittavat kolikot oli aina taskun pohjalla, niitä ei saanut hukata, eikä karkkia ostaa. Puhelinkoppi muisteloa riitti koko kotimatkalle, ja vielä sisälle tultua sitä piti jatkaa

Se on totta minunkin kohdalla, että lapsuuden aikaiset pelkotilat ahdistavat edelleen. Ja mitä kaikkea ne saavatkaan aikaan meissä molemmissa. Olisitpa Lotta nyt tässä, että saisin kertoa. Kiertelemättä puhua totta ja pyytää anteeksi. Voisinkohan saada anteeksi? Ovatko valehtelu ja väärän kuvan antaminen sama asia. Veijo jatkoi mietteitään. Itsesääli voimistui, se muuttui välillä henkiseksi itseruoskinnaksi jopa itseinhoksi. Kaikkivoipa miehisyys oli tipotiessään. Tilanne oli yksinäiselle miehelle täysin kestämätön. Nyt piti löytää jostain apua, ensin hakeutua toisten seuraan jutella ja saada iloisempi mieliala. Lähiöpaari oli Veijolle kuin lääkäriasema sairaalle. Sinne sai mennä kaikkine kipuineen, olla sellainen kuin on, eikä sinne menoa tarvinnut jännittää. Veijon elämänlaiva kynti melkoisessa ristiaallokossa, heitellen välillä hyvinkin holtittomasti, ja siitä huolimatta hän ohjasi alustaan kuin yhdellä kädellä. Vastuu omasta ja läheistensä elämästä olivat huuhtoutuneet virran vietäväksi.

Mirjaa käytettiin äitinsä luona säännöllisin väliajoin. Noista päivistä oli tullut uudet arkijuhlapäivät kaikille osapuolille. Lapsen ja äidin tapaamisen riemun, yhteisyyden kehittyminen heidän välillään, kaiken tuon näkeminen kertoi erikoishoidon onnistumisesta. Oli liikuttavaa nähdä, kuinka äiti ja lapsi hoitivat toisiaan. Se oli aivan uusi, ihmeellinen ja palkitseva kokemus kaikille osapuolille. Ihmeistä suurin oli se, että lähes mykkä äiti pystyi kertomaan heille mikä oli hänen toipumisen käynnistävä voima. Lotta löysi omatoimisen opiskelun hänelle tuotujen lasten piirrosten kautta etsimällä itse kustakin paperista jonkin hahmon, ja kirjoitti reunaan muutaman sanan, kuin nimen maalaukselle. Erään tuherruksen reunassa luki, "MINÄ KOTIIN"! Hän esitteli piirrosta, ja kirjoittamaansa tekstiä hoitajilleen kasvot innostuksesta loistaen.

Kun lääkäri näki piirroksen, hän ymmärsi viestin. Hän piti palaverin Lotan hoitajien kanssa. Heidän yhteinen näkemyksensä oli, että he kaikin keinoin tukevat Lotan kuntoutumista. Missä vaiheessa tai millä tavalla puhutaan kodista tai sinne paluusta, jäi lääkärin arvioitavaksi. Yleensä tilanteen kokonaisarviointi silloin, kun potilas palaa normaaliin kotielämään on paljon yksinkertaisempi, kuin Lotan tapauksessa, jossa hyvissä ajoin tuli tietää Veijon paikka kodissa, ja Lotan sydämessä. Lastenkodin johtaja oli ollut yhteydessä sosiaalitoimeen Mirjaan liittyvissä asioissa, joten hänellä oli viimekäden tietoa lääkärille. Veijon tapoihin kuului edelleenkin käydä arkena töissä, vapaa-aikojen merkintöjä hänestä ei viimeajoilta ollut.

Lääkäri päätti aloittaa tunnustelun Lotan mielen-
maailmassa. "Sinä olet edistynyt oikein isoin harp-
pauksin", hän puheli Lotalle. "Haluaisin kysellä
sinulta muutamia asioita. En halua rasittaa liikaa,
vaan kysyn, ja sinä nyökkäät, tai pudistat päätäsi,
sopiiko niin?" Lotta nyökkäsi.

"Muistatko kotisi?" lääkäri kysyi ja Lotta nyök-
käsi. Myös kysymykseen "Muistatko siellä Mirjan?"
hän nyökkäsi. Kun lääkäri kysyi Veijosta, Lotan
ilme muuttui. Kasvot saivat harmaan sävyn, silmien
iloinen pilke sammui, kädet hapuilivat kuin jotain
etsien. Lääkäri istui sopivan lähellä, hän silitti Lottaa
harteista ja käsivarsista kämmeniin. Sitten hän otti
Lotan tärisevät kädet omiensa suojaan, katsoi poti-
lastaan silmiin ja puhui. "Ymmärsinkö oikein, sinä
etsit sanoja sanoaksesi, että kotiin, johon haluat,
ei Veijo kuulu?" Hetken mietittyään Lotta nyökkäsi
hyväksyvästi.

Lääkäri aloitti Lotan kotiinpaluun taustatyön heti,
vaikka itse tapahtumaan oli runsaasti aikaa. Ensiksi
hän kutsui Veijon luokseen, kertoen tälle kuinka
kaukaa ja hienovaraisesti pitää Lotan kotiutus
aloittaa. "Meidän on oltava kärsivällisiä", hän puhui.
"Tämä koskee erikoisesti sinua Veijo. Lotta haluaa
kotiin Mirjan kanssa. Se tarkoittaa, että silloin joskus

kun hän on kotiutuskuntoinen on sinun asuttava jossain muualla. Annettaisiin hänen totutella kotiin ja lapseensa ensin, ehkä sitten tulee sinun vuorosi. Luulen, että hän puhuu lapsensa kautta sinulle, se kommunikointi kanava meilläkin on ollut, ja on ainoa kanava tällä hetkellä. Kuten sanoin, Lotan kotiutus ei ole vielä ajankohtainen, halusin kertoa suunnitelmani sinulle heti alkuvaiheessa, että ehdit paneutua siihen, ja ikään kuin kouluttaa itsesi. Muuten, eihän Lotta ole hakenut avioeroa tai tapaamiskieltoa? Eipä niin, miten olisi pystynyt", lääkäri jatkoi Veijon päänpudistuksen jälkeen

Veijo polki pyöräänsä kaikin voimin sivuilleen vilkuilematta, kuin jotain pahaa paeten tai edellään pakenevaa kiinni ottaen. Asunnolleen tultua hän heitti kolisten seinänvierelle rääkätyn pyöränsä ja syöksyi sisälle. Hänen maailmansa oli kauhun sumentama. "Auta armias, mitä olen saanut aikaan! Pelkkää tuskaa ja häpeää! Minusta ei ollut miheheksi eikä isäksi. En hetkeäkään ajatellut, että Lotta olisi voinut ottaa avioeron vastuuttomasta miehestään milloin vain. Ja ottaa Mirjan kokonaan!"

Koko viikonlopun ajan Veijo paini tuskaista painia itsensä kanssa. Lääkärin puhuttelu kaikessa lyhykäisyydessään ja suorasukaisuudessaan sattui ja puisteli. Siitä oli ymmärrettävä, että se oli Veijolle ensimmäinen ja viimeinen todellinen varoitus yhtä aikaa. Mirjan ja Lotan hoitamiseksi ja suojelemiseksi oli tehty vedenpitävä suunnitelma, joka toteutetaan ilman häntä tai hänen häirintää.

Veijo oli päättänyt mielessään, että maanantaina töistä palatessaan hän hoitaa sen kaikkein pelottavimman asian. Hän rohkaisi itsensä puhelinkopin kohdalla, hyppäsi pyöränsä selästä, jätti sen maahan, ja sujahti kopin ovesta sisälle. Lastenkodin lääkärin numeron hän oli kynällä kirjoittanut käden selkään, sitä ei tarvinnut etsiä, eikä taskunpohjalta kaivella. "Minä olen Mirja Vuollon isä", hän aloitti. "Puhuin vaimoni lääkärin kanssa, häneltä sain numeron. Miten Mirja? Hänkö opettelee puhumaan? Voisinko tavata häntä?" "Vaimonne lääkäri lienee tehnyt selväksi hoitosuunnitelman hänen suhteen. Minä lisään siihen omalta osaltani, että tulen edelleen toimimaan lastensuojelun puolesta. Se tarkoittaa sitä, että teillä on monta pitkää vuotta edessä ennen tyttärenne tapaamista, jos sittenkään. Kuulemiin."

Lotan toiminnot ja puhekyky palautuivat hitaasti, mutta sitäkin varmemmin. Hänen keksimänsä tekniikka, sanojen tai tavujen hidas toisto puoliääneen itsekseen vuoroin kynällä paperille kirjoittaen, oli tehokasta itsehoitoa. Hoitohenkilökunta sai hämmästyä ja ihastua lähes jokainen päivä hänen edistymisestään. Suurin ihmetyksen aihe oli Lotan alati kasvava oma tahto ja pohjaton nöyryys. Hän ei taittunut henkisesti pahimmastakaan epäonnistumisesta, vaan aloitti uudelleen ja uudelleen samasta lähtöpisteestä.

Kesä teki tuloaan aivan yhtä hitaasti ja varmasti kuin Lotan edistyminen. Monet tuskailivat kylmää, pitkää kevättä ja alkukesää, mutta Lottaa se ei häirinnyt, sitä hän ei miettinyt, eikä vuosia laskenut. Montako kesän tuloa hän oli tässä sairaalassa kokenut, kuinka monta yksinäistä vuotta viettänyt, niillä ei ollut mitään merkitystä, kun koko elämän mittainen kesä oli edessä! Lotta tiesi, uskoi, ja tunsi selviytyvänsä.

Veijolle oli ilmoitettu, että elokuun alkuun mennessä hänen on muutettava ja koti on siistittävä Mirjaa ja Lottaa varten. Loppusiivous päätettiin tehdä sairaalan puolesta, samalla päätettiin tarkistaa huonekalujen kunto ja pihan siisteys. Tuon viestin saatuaan Veijo katseli ympärilleen, huonekalut ja piha, miten ne tähän liittyvät? Olen vain yöni nukkunut täällä, miten ne olisi pahentuneet? hän mietti. Kodin siistiminen, mitä se sitten on ja pihan. Olen vain pyöräni ottanut seinän viereltä ja tuota polkua ajanut!

Veijo sai vuokrattua työkaveriltaan kalustetun nurkkakamarin, ja muutti sinne.

Lääkäri kertoi Lotalle, että koti on kaikin puolin kunnossa odottaen äidin ja tyttären tuloa.

"Mitä sanot, olisiko sinusta kiva, että käyttäisimme sinua siellä vaikka huomenna, saisit nähdä ja ajatella, mitä tarvitset sinne entisten lisäksi. Saisit sitten rauhassa ajatella ja tehdä suunnitelmia. Siitä tehdään koti sinulle ja Mirjalle."

"Kiitos, ...ihanaa!", sanoi Lotta.

"Kustannuksia sinun ei tarvitse murchtia, ne hoidetaan. Sinä ja Mirja olette meille kaikille ykkösasia, se sisältää kaiken mitä tarvitsette."

"Minä paranen!", riemuitsi Lotta.

Kaksi onnenkyyneleiden täyttämää silmäparia tuijotti hetken toisiaan, Lotan kädet ojentuivat lääkäriä kohti, "kiitos" hän sanoi, ja lupaa kyselemättä rutisti miestä kaikin voimin.

Oli aurinkoinen kesäpäivä, kun Lottaa käytettiin ensimmäisen kerran kotona. Hän sai kulkea joukon ensimmäisenä autolta portaille, siitä eteiseen, keittiöön, ja kamarin ovelle hän pysähtyi. "Verhot ja Mirjan sänky on uusittu", tuli melkein selvin sanoin.

"Pidätkö näkemästäsi?", hoitaja kysyi. "Kyllä! Kiitos

... tästä!"

Lotta sai kierrellä kaikessa rauhassa sisällä ja pihalla. Hoitajat seurasivat taaempana, ihastelivat ja ihmettelivät Lotan ilmeitä ja eleitä. Hän näytti puhuvan lähes jokaiselle kasville, silitteli hellästi pihapensaiden oksia, ja noukki maasta kuivaneita lehtiä. "Tuo näky on kuin elokuvasta, jossa enkeli hoitaa taivaan puutarhaa", kuiski hoitaja.

Lottaa käytettiin kotona muutaman tunnin vierailuilla kolme kertaa, ja yhdellä niistä oli Mirja mukana. Tuon kotiretken jälkeen vakuuttuivat sekä Lotan että Mirjan hoitajat, että äiti ja lapsi kuuluvat ja haluavat kotiin. Kotitukihoidon valmistelu aloitettiin heti. Siihen osallistuivat heidän hoitajat ja lääkärit. Listattiin tehtävät, ja niiden tekijät. Lisäksi joukkoon ilmoittautui useita vapaaehtoisia. Ainutkertainen perhekuntoutus sai ansaitsemansa huomion osakseen. Kaikissa yhteyksissä puhuttiin perheestä, näin ehkä annettiin Lotan ymmärtää, että Veijolle on jätetty ovea raolleen.

Kotiin muuton päivä oli koittanut. Kaksi hoitajaa avusti Lottaa aamupäivän. Uskomattoman monta asiaa piti käydä läpi, eikä se ollut ihme, kun Lotta oli asunut tässä sairaalassa kauemmin kuin varsinaisessa kodissaan. Istuttiin autoon ja matka uuteen tulevaisuuteen sai alkaa. Lotan mieliala liikkui ikävän ja ilon välimaastossa. Ehkä vähän pelkoakin oli mukana. Sairaala oli ollut turvallinen, kaikki valmiina paikka. Tästä eteenpäin hänen oli otettava vastuu itsestä, ja pystyttävä luomaan Mirjalle turvallinen lämmin koti.

"Jännittääkö sinua?", kysyi hoitaja. "Se on luonnollinen reaktio, ja iloinen jännitys tekee hyvää meille jokaiselle. Minäkin huomaan jännittäväni sinun tyttären kotiin tuloa."

Pihalle saavuttaessa Lotan koti ja sen ympäristö kylpi elokuisen päivän seesteisessä auringossa, kuin kruunaten tämän juhlan jossa äiti muuttuu äidiksi ja lapsi hänen lapsekseen. Tämä muuttuminen oli mahdollista vasta kun elämänkokeet oli hyväksytysti suoritettu. Hyvin suoritetuista elämänkokeista Lotta sai palkinnon. Mirjan, veikeän oman tytön, joka ovesta sisään tullessaan puhui lapsen kielellä, "Äiti, Mimma uli!"

Iloisempaa ja onnellisempaa elämää ei ole mahdollista edes kuvitella, ajatteli Lotta, katsellessaan pikku Mimman leikkejä. Niissä kuuluva lapsen oma kieli, puhetapa ja monipuolinen asioiden ymmärrys saivat Lotan aivan häkellyksiin. Mimma tuli niin hauskasti Mirjalta, ettei sitä tehnyt mieli edes korjata. Tyttären puhekieli toimi terapiana Lotan kielen kehitykselle. Hänen oli ensin selvitettävä itselle, mitä lapsi sanoi tai pyysi, ja löydettävä omasta sanavarastosta vastaus hänelle.

Lotan tukihenkilöiden käydessä heidän luona, käytiin läpi äidin ja lapsen tarpeita, asioiden toimivuutta heidän välillään, Lotan toipumista, ja hänen äitinä jaksamista. Tehdyt listaukset luovutettiin Lottaa hoitaneelle lääkärille seurantaa varten.

Lääkäri oli tuloksiin joka kerta tyytyväisempi ja yllättyneempi ehkä siksi, että tämä ainutkertainen hoitokokeilu oli hänen idea, ja hän kantoi siitä vastuun. Kokeiluun ryhtymistä tosin helpotti ja kannusti se, että hän tunsi Lotan jo lapsesta saakka, tiesi tämän luonteen lujuuden ja oikeudenmukaisuuden, näihin avuihin hän luotti eikä pettynyt.

Veijo uskaltautui kysymään Lotan lääkäriltä tietoja Lotasta ja Mirjasta. Lääkäri puhui hänelle. ”Sinulla on oikeus lapsen isänä ja avomiehenä tietää, missä he ovat, ja milloin muuttaneet, sanon myös sen, että he voivat hyvin, ja heistä pidetään huolta. He ovat onnellisia! Jos otat yhteyttä heihin, tee se Lotan päätöksiä kunnioittain, ja kummankaan sydäntä särkemättä! Hyvää joulua sinulle ja teille kaikille. Kuulemiin.”

Joulu, kohta on joulu! mietti Veijo. Voisinko,

saisinko viedä heille pienet lahjat? Ajatuksesta rohkaistuneena hän poikkesi työmatkallaan lähellä olleeseen lelukauppaan, kierteli hyllyltä toiselle, ja päätyi katselemaan nukkeja, mikä niistä mahtaisi olla Mirjan mieleen.

"Minkä ikäiselle tytölle katsotte nukkea?" myyjän kysymys herätti Veijon.

"Tuota, kaksi tai neljä vuotta", takelteli Veijo.

"Ai, kahdelle tyttärelle! Onkohan parasta ostaa samanlaiset, kun ovat noin samanikäiset, ettei tule riitaa."

"Niinpä. Kyselen ensin", sai Veijo tokaistua mennessään.

Joulupäivänä Veijo pyöräili Lotan asunnolle. Hänen arkaan koputukseen vastattiin, annettiin lupa tulla sisälle. Kengät hän riisui eteiseen, pusakka päällä, pipo ja kaksi pakettia kädessään, hän siirtyi sisälle. Mies seisoi entisen kotinsa keittiössä.

"Mirja nukkuu päiväuniaan, istutaan tähän hetkeksi."

"Miten teillä menee?", tuli Veijolta hätäisesti. "Tulin toivottamaan Hyvää joulua."

"Kiitos ! Minun puhe on vielä ... hyvin vaikeaa... Haluan sanoa, ... nyt sinun on mentävä. Voit kirjoittamalla kertoa elämästäsi", Lotta puheli hitaasti, sanoja etsien.

"Kirjoittamalla kertoa" toisteli Veijo mielessään. Se on paljon pyydetty. Tuskin Lotta voi kuvitella, kuinka vaikeaa minun on saada ajatuksia paperille. Ehkä juuri siksi hän teki tämän portin tietäen, että puhua osaan, mutta kirjoittaa heikosti! Voi hitto millaiseen ansaan jouduin!

Veijon itsetuntoa riipoi niin kovasti, että jo asunnolleen palatessa oli piipahdettava lähi baariin, siellä ei kirjoitustaitoa kysellä eikä järjestetä pääsykokeita! Pyörä vain telineeseen, tai sinnepäin, ja rempseästi sisään: "Kaksi pulloa kalijaa," hän möläytti.

Joulusta alkoi Veijon alamäki. Ensin muutamia päiviä kestävänä putkena, sitten meni ensimmäinen koko viikko työnantajalle mitään ilmoittamatta. Kaksi varoitusta oli jo hankittuna, ja nyt tuli potkut. Veijo tunsi saaneensa vapauden, ja sen mukaan hän eli. Hän suorastaan vyöryi, milloin kenenkin mukana paikasta toiseen. Mukaansa ottajia riitti sen aikaa kuin rahaa Veijon lompakossa. Sitten tuli laskunaika, ei ollut asuntoa, ruokaa, eikä juomaa. Asunnoton ihminen oli lain mukaan irtolainen. Sitä Veijo nyt oli. Hänelle tarjottiin erilaisia työleirejä joissa oli majoitus. Ne olivat usein kaukana kotikylästä. Kukin kokeilu kesti vain muutaman viikon, ja taas Veijo oli vapaa.

Lotan yhteyshenkilöt seurasivat myös Veijon menoa. He kertoivat Lotalle kuinka heikoilla jäillä mies oli, ja että tämä on päätetty ottaa katkaisuhoitoon. Lotta sai hoitopaikan osoitteen ja kirjoitti Veijolle hakevansa avioeron, tekevänsä tämän ennen kaikkea Mirjan suojaksi.

Kirjeen saatuaan Veijo yritti miettiä mitä Lotta tarkoittaa sanoilla Mirjan suojaksi. Hänen teki mieli vastata kirjeeseen ja kysyä milloin hän on ollut uhka lapselleen. Kynää ja paperia ei sillä hetkellä löytynyt, ja koko asia unohtui nopeasti.

Lotta ei vastausta saanut, eikä pyytänytkään. Hän ilmoitti asian, ja toimi sen mukaan. Myöhemmin ero myönnettiin. Eroilmoituksen jälkeen Lotta kirjoitti Veijolle:

Olet saanut virallisen tiedon avioerostamme.
Haluan vielä selventää sinulle muutamia
seikkoja. Sanoin aikaisemmin tekeväni
Mirjan suojaksi, et ehkä silloin ymmärtänyt
noita sanoja. Mutta sen jälkeen olet kulke
nut raskaan matkan, ja uskoisin sinun nyt
ymmärtävän. En halunnut hänen oppivan
tuntemaan isäänsä sellaisena kuin olit,
siksi häivytin sinut hänen elämästä.

Mirja menee pian kouluun, siellä puhu-
taan ja kysellään isästä. Mitä Mirja olisi
kertonut sinusta? Meillä molemmilla on
tuskaiset lapsuusmuistot, teen parhaani,
ettei niitä koituisi Mirjalle. Elämme kahden

Mirjan kanssa, hoidamme toisiamme
ja nautimme jokaisesta päivästä.
Toivon sinullekin parempaa elämää.
Lotta.

Lotta ja Mirja jatkoivat elämäänsä saman tuki-
renkaan suojissa useita vuosia, ja vielä varsinaisen
seurantajakson päättymisen jälkeenkin jatkuivat
yhteiset keskustelutilaisuudet. Vuosien saatossa
heistä oli muotoutunut kuin yksi iso perhe, jonka
keskipiste oli Mirja. Hänestä oli kehittynyt viehkeä
ekaluokkalainen levollinen ja älykäs tyttö. Voisi
hyvin sanoa, että Mirja oli kasvattanut äitinsä kaltai-
sekseen, niin samantyyppisiä he olivat.

Eräänä päivänä posti toi kirjeen Veijolta. Se oli
pitkä ja hätkähdyttävä. Lotta vilkaisi sitä, mutta
varsinaisen lukemisen hän jätti iltaan, Mirjan iltasa-
tujen ja nukahtamisen jälkeen tehtäväksi. Siisti koti

oli hiljainen, kirjeen lukemisen aika oli koittanut.
Sitä avatessaan Lotta huomasi käsiensä vapisevan ja
sydän sykki epätavallisen nopeasti. – Kuinka Veijon
käsiala on noin selkeä?

Te rakkaat siellä kotona.
Näin minä teistä ajattelen. Tämä ajatus
kantaa minua, muuta minulla ei olekaan.
Olen käynyt läpi monta pitkää hoitojaksoa
sekä fyysisellä, että psyykkisellä puolella.
Tällä hetkellä asustan miesten toipilas-
kodissa. Tämän talon yhteydessä toimii
AA- kerho, jossa käyn kahdesti viikossa.

Lotta, haluaisitko ja jaksaisitko auttaa
minua? Voisitko olla mukana AA- kerhossa
kanssani vaikka yhden kerran. Kertoisit
ryhmälle meidän elämästämme, varsinkin
siitä miten ratkaisevalla hetkellä minä
sorruin. Kuinka avuttomassa tilassa sinä
ja pieni Mirja olitte. Minun olisi pitänyt
auttaa teitä, mutta lisäsin vain sinun taak-
kaa heittäytymällä viinan vietäväksi.

Kertoisit, niin kuin osaat ja voit, mitä ajattelit

tai tunsit, kun lääkärisi luki sinulle sosiaa-
litoimen päätöksen Mirjan huostaanotosta,
ja siihen vaikuttaneista asioista, jotka nekin
olivat minun aikaan saannoksia. AA -kerhossa
jokainen kertoo itsestään ja tekemisistään, niin
minäkin olen tehnyt. Alkoholistin ongelma on
usein muistamattomuus, joka on aluksi ollut
tahallista ja myöhemmin siitä tulee tahaton.
Sen vuoksi monen kerholaisen mukana
on joku henkilö, joka on joutunut elämään
tuossa helvetissä, hänen kertoessa kuulee
asianomainen henkilökin kuvauksen itsestään.

Tarvitsen sinun apua. Haluan olla rehel-
linen toisille ja itselleni, en pysty siihen
yksin, olen juonut muistini pitkiltä jaksoilta.
Tahdon todella toipua, siihen päästäkseen
pitää ensin tuntea itsensä, ja heikkou-
tensa. Tiedän, että pyydän sinulta paljon,
vaikka en itse pysty antamaan mitään.
Ajattelen ja toivon, että sinun apusi turvin
jaksaisin nousta, tulla ihmiseksi jota Mirja
voisi joskus myöhemmin sanoa isäksi.
Terveisin Veijo

j.k. mukana olevassa lapussa on kerhon kokoontumisajat ja minun osoite.

Lotta näytti Veijolta tullutta kirjettä omalle tukihenkilölleen, kysyen hänen mielipidettä mitä ajatuksia Veijon kirje hänessä herättää, ja tulisiko hänen vastata siihen.

"Sinä tunnet meidät molemmat jo sairaalassa työssäolo ajaltamme saakka. Miten minun pitäisi toimia."

"Olen koko sydämestäni mukana teidän kolmen elämässä. Veijon kirje on sykähdyttävä. Mielestäni se on rehellinen avunpyyntö. Tämä on todella ainoa tie hänelle oppia tuntemaan itsensä. Ja ehkä se on hänelle ainoa tie henkiseen rehellisyyteen. Hän tarkoittanee myös sovintoa sinun ja Mirjan kanssa. Ajattelen, että voisit ilmoittaa, ja mennä johonkin AA-kokoukseen. Täyttäisit näin Veijon pyynnön. Mistä tietää, vaikka hän on vakavasti sairas. Minä hoidan Mirjaa sillä aikaa, siitä sinun ei tarvitse huolehtia."

Lotta toimi suunnitelman mukaan, hän ilmoitti Veijolle tulevansa tietyn tiistain AA- kerhon istuntoon. Linja-autossa istuessaan hän kuvitteli menevänsä johonkin murjuun. Mutta hän yllättyi täysin. Kerhotila oli valoisa ja siisti. Lotta istui ovensuussa olleelle tuolille seuratakseen tulijat, ja löytääkseen

Veijon niiden joukosta. Oviaukosta valui hiljalleen kalpeita unohdetun näköisiä miehiä, heistä kukin näytti istuvan nimikkopaikalleen. Veijoa ei vieläkään näkynyt! Lotta ajatteli, että Veijo ei ehkä tarkoittanutkaan olla itse mukana. Voin mennä pois saman tien. Lotta nousi jo lähteäkseen. "Anteeksi Lotta, en tarkoittanut odotuttaa, mutta minun astmapiippu tyhjeni ja heitti toimimasta. Piti käydä lääkärin luona. En pärjää muuten", Veijo piipitti. "Ystävät, hän jatkoi samalla, tässä on entinen vaimoni Lotta, hänestä olen teille usein kertonut. Hän tuli pyynnöstäni tänne, kertoakseen minusta teille. Meidän alkoholistien kun on helppo kertoa toisesta, mutta itsestämme emme tiedä mitään. Vielä yksi asia, Lotan on varmaankin vaikea puhua. Hänellä on sairauksien tuoma puhevika, jos saan näin sanoa? Me olemme molemmat eräänlaisia piipittäjiä omilla tahoillamme..."

Lotta seisoi edelleenkin lähellä oviaukkoa, kuin olisi miettinyt tulla vai lähteä. Hän katsoi tarkemmin jokaista pöydän ympärillä istuvaa miestä, ja sanoi itselleen: Minun on astuttava rohkeasti esiin, puhuttava minkä pystyn, en voi heitä pettää.

"Lapsuuteni", aloitti Lotta katkonaisesti, "samoin nuoruuteni, olen elänyt hyvin vaikeissa oloissa. Kuitenkin aina löytyi joku ymmärtävä auttava henkilö. Nyt aikuisena hoitava lääkärini ja hänen tiiminsä, ovat olleet sitä."

"Rentoudu välillä Lotta. Selvennän teille kerholaiset, että Lotalla ei ole ollut koskaan mitään tekemistä viinan, huumeiden, eikä minkään paheen kanssa. Jatka vain Lotta."

"Lääkärini avulla ja arvostuksella sain opiskella, sain ammatin ja asunnon, kaikki oli hyvin. Ehkäpä unelmani täyttyivät liian nopeasti. Luulen, että onnellisessa olotilassa ei kehity henkinen vahvuus. Ainakaan minulla ei niin käynyt, koska en kestänyt odotuksen ja äitiyden vaatimuksia..." "Anteeksi..." Lotta horjahti, sai tuolin selkänojasta kiinni, käänsi sitä ja istui tuolille kuin rauhoittuakseen. Moni uskoi Lotan jo lopettavan ja lähtevän, mutta hän nousi ja jatkoi katkonaista puhettaan. "Olin heikko ja sairauteni uusiutui. Pääsin hoitoon, vauva myös. Veijo jäi yksin. Hänen elämänsä mullistui hetkessä. Kaikki se, mikä oli kuin äsken tässä, katosi häneltä näkymättömiin. Hetki... haluan jatkaa..." Hän kakisteli, etsi parempaa asentoa, siirsi tuolia, katsoi jokaista miestä kuin silmillään puhuen. "Ymmärrän hyvin Veijon katkeamisen. Itse katketessani sain melkein kaatua lääkärien ja hoitajien syliin. Minua hoidettiin ja pidettiin huolta. Minä en halunnut enkä jaksanut nähdä enkä kuulla Veijoa. Minulta ei riittänyt edes katsetta hänelle, vaikka tiesin hänen olevan kuin lastu laineilla. Silloin en pystynyt puhumaan, mutta jo pienellä eleellä olisin pystynyt pelastamaan paljon."

"Älä syytä itseäsi Lotta! Olin aikuinen terve mies, pienen tytön isä. Pelkästään oman lapsen olemassaolo olisi riittänyt kannustimeksi,... jos olisin ollut vahvempi..."

"Tehtyä ei saa tekemättömäksi. Uskon, että ainoa asia jonka voimme, tai ainakin minä voin tehdä, on anteeksianto. Sovitamme menneet, ja jatkamme voimiemme mukaan."

Anteeksiannosta mainitessaan Lotta hipaisi Veijon olkapäätä, ja nyökkäsi mukanaolijoille ehkä kiitokseksi.

Ovelta kuulunut vaimea "Hei" ja nopeat askeleet käytävästä kertoivat Lotan menneen.

VI LUKU

LOTAN TYTÄR, KUUSAMO 1967

Lääkärinsä luvalla ja suosituksella Lotta hakeutui osa aika työhön samaan sairaalaan kuin ennen sairastumistaan oli ollut. Tukiryhmä, joka oli onnistuneesti ohjaillut äidin ja tyttären elämää, oli nytkin tehnyt suunnitelmat heidän elämän uuteen vaiheeseen. Suunnitelman onnistumiseksi oli huomioitu kaikki mahdollinen. Lotan työaikakin räätälöitiin melkein tyttären koulutuntien mukaan.

Monenlaista iloa yhtä aikaa, kävi Lotan mielessä. Mutta Mirjan koulua ajatellessaan hän tunsi itsensä oudon hämmentyneeksi. Hetki sitten käyty keskustelu tukiryhmän kanssa pyöri silmissä ja mielessä. Suunnitelmat oli tehty, ja nyt kotimatkaa taivalsivat äiti ja tytär hitaasti kävellen käsikädessä. Uusi elämäntilanne saa tämän aikaan, Lotta päätteli. Tämä levottomuus on ohimenevää, mutta mieli ei rauhoittunut. Mirjakin oli mietteliään näköinen, kuin varmistaakseen äitinsä ajatuksen hän potkaisi vihaisen oloisena tien varren pikkukiveä.

”Äiti, muistatko miltä sinusta tuntui koulun aloitus. Saatettiinko sinut kouluun, ja oliko pitkä koulumatka? Varmaan oli pidempi kuin minulla?”

”Minulla ei ollut koulumatkaa ollenkaan, minä asuin koululla. Jutellaan siitä illalla kotona... Tuolla on sinun koulusi! Tästä me sitten kuljemme, sinä kouluun ja minä työhön."

Mitä ja miten voin kertoa hänelle? Ollakseni rehellinen minun olisi aloitettava tarinani siitä alkaen kuin sen todella muistan, vaan voinko vähän oikaisten sanoa, että pääsin vain koululle asumaan? Miten sitten oikaisen, kun hän kysyy kuinka usein kävin kotona, ja oliko minulla ikävä kotiin. Eihän minulla ollut kotia! Lotan mielen myllerrys otti uusia kierroksia. Asiat ja aiheet tuntuivat paljon raskaammilta kuin äskeinen, siinä oli kyse vain kouluun menosta. Hän ei voinut tukahduttaa eikä edes hallita ajatuksiaan. Ne kiersivät levottomina omia latujaan. Isomummolla olo ajasta nousi lämpimiä, hellyttäviä muistoja. Silloin hän sai elää lyhyen ajan huoletonta lapsuutta. Mummon porkkanamaa ja se hänen tuolin kanssa hyppely... Piti aivan ääneen hymähtää. Olisinpa saanut elää hänen kanssa edes kouluikääni saakka. Aivan liian aikaisin hänet otettiin pois. Minulla kuitenkin oli isomummo. Isänikin oli olemassa, sotimassa jossain kaukana, näkymättömänä elämässäni. Mielessäni pelkäsin, että menetän hänet kokonaan. Rauhoitin mieltäni kuvitellen istuvani isän turvallisessa sylissä. Näin jaksoin uskoa aina uuteen huomiseen.

Viimein tuli se päivä jolloin sain kuulla, että isä on tullut kotiin. Miten se tapahtuikaan? Lotta pinnisti muistiaan. Joku hoitajatäti vei minut sinne hevosella muutama päivä myöhemmin. Palelin reessä ohuen peiton alla. Vapisin kylmästä ja jännityksestä. Oli varmaankin joulukuu, koska lastenkodin hoitajatäti jutteli kahdesta ihanasta asiasta, ne olivat isän paluu ja joulupukki. Kumpaakaan en tuntenut, joulupukin olin koululla vain vilauksella nähnyt. Se oli kaikkien yhteinen. Nyt tulee minun oma isä, se on enemmän kuin joulupukki.

Muistan painautuneeni syvemmälle reen pohjalle, kuin piiloon ajatuksineni. Makasin silmät kiinni rekipeiton suojassa. Kuvittelin kuinka nyt saan yhden sijasta kaksi maailman ihaninta olentoa. Mietin onnellisena, tuskin kellekään toiselle lapselle suodaan näin paljon hyvää yhdellä kerralla.

Haluaisin vielä muutaman päivän selvitellä muistojani ennen Mirjan koulun alkua. Miettiä kuinka vastaan hänen kysymyksiinsä. En halua valehdella hänelle. Yritän muuntaa totuuden lapsenmielen ja ymmärryksen tasolle. Tämänpäiväiselle tasolle, mutta miten teen sen niin etten loukkaa häntä samalla asialla tulevaisuudessa. Minulla ei ole varaa erehtyä. Minulla on vain Mirja!

Aistiiko lapsi jo pienenä isän puuttumisen? Kyllästyttääkö ja typistääkö se lasta ja hänen kehitystään?

Vaikuttaako lapsen kehitykseen se, ettei äidillä ole ystäviä eikä sukulaisia. On vain äidin "turvaverkosto". Onko elämä liian arkipäiväistä ja äidin vointiin keskittynyttä? Puuttuvatko äidin ja lapsen väliltä ilo ja vuorovaikutus? Näinkö se on? mietti Lotta. Miten voikin olla näin paljon asioita, joita en ole käsitellyt ollenkaan? Mirjan koulun alkaminen aloitti minussakin eräänlaisen mielenkoulun?

Lotta tunsi olevansa kuin seitissä, johon on vahingossa pudonnut ja josta ei ole ulospääsyä. En ole vielä koskaan kertonut hänelle äitipuolestani. Enkä vieläkään pysty selittämään edes itselleni mitä on "puoliäiti" tai äitipuoli. Kaikkein raskainta on kertoa, kuinka isäni teki minut näkymättömäksi itselleen, vaikka olin hänen silmiensä edessä.

Ainoa asia, jonka voin kertoa totuutta muuttelematta on se, että äitini on kuollut minun ollessa vain parin vuoden ikäinen.

Mirjan ensimmäisessä kouluviikossa oli niin monta uutta asiaa ja ystävää ettei hän muistanut äidiltään kysellä menneitä eikä tulevia, vaan pulppusi omia uusia juttujaan kertoessa kuin kevätpuro. Niitä riitti vielä nukkumaan mennessäkin. Joskus iltarukous ja hyvänyön toivotus jäi sanomatta nukkumatin kaapatessa pienen koululaisen.

Oli perjantai-ilta, äidin ja tyttären ensimmäinen yhteinen viikonloppuvapaa sitten koulunalkamisen jälkeen. Koti oli siisti ja rauhallinen. Lotta vilkaisi sängyssään nukkuvaa tytärtään. Hänen kasvojensa tyyni ilme ja suupielien hymyn juonteet kertoivat kaiken olevan hyvin.

Lotta laittoi itselleen kupillisen kahvia, ja istahti katsoakseen päivän postia. Aikaa siihen ei isommin tarvinnut, kun oli muutama ilmaisjakelulehti vain. Tämä asiaan asettuminen. Silloin aika pysähtyy ja hiljaisuus puhuu. Saa itse olla sen ainoa kuulija. Se tuntuu ylellisyydeltä ja hivelee sisintä. Mainosesitteiden lomasta putosi kirje. "Kirkkoherranvirastosta" ihmetteli Lotta. Hän avasi sen, ja luki ensin puoliääneen, sitten hiljaa kuiskaillen itsekseen.

"Veijo on kuollut, ... Hän on kuollut ... Mirjan isä on kuollut!" Lotta mietti, miksi tätä kautta tämä tieto tulee? Aivan, tämä onkin tiedoksi Mirjalle. Minun kautta Mirjalle.

Äskeinen ylellisyyden tunne haihtui nopeasti pois. Tilalle astui karu arki ja äänekäs kellon tikitys. Hiljaisuus muuttui repiväksi räminäksi, joka raastoi päätä ja sisintä. Se teki mielen levottomaksi ja tyytymättömäksi. Tuntui kuin jokin outo ilmiö tai olento olisi väkivalloin tunkeutunut Lotan elämään, ja särkenyt kerralla kaiken."Ei, nyt en saa katketa. En anna mieleni vaipua mustiin muistoihin, vaan annan menneiden olla. Annan niiden kuolla hänen mukanaan. Minulla on paljon. On terveys, työ, koti, ja Mirja! Mutta minulla ei ole ketään aikuista kenelle puhua." Ensimmäisen kerran pitkiin aikoihin Lotta tunsi syvää, kylmää yksinäisyyttä. Vähä vähältä se tuntui jähmettävän hänet. Vaikka hän kuinka kääriytyi lämpimään torkkupeittoon korviaan myöten, ei lämpöä saanut ja hengityskin tuntui höyryävän.

Jokin ylimääräinen huomio, jokin ennen kokematon asia ahdisti Lottaa, mutta missä tuo ahdistaja on, se ei selvinnyt vaikka kuinka mietti. Hän nousi ja käveli huoneesta toiseen, kuin tarkistaakseen missä se luuraa. Äsken avattu kirje aivan tyrkytti itseään. Tämä se on! Tässä sanotaan: "Veijo Vuollon toinen lapsi, Mirja". Mirjalla on siis sisko, tai velipuoli!

Mirjan äännähdys. Vilkaisu lapseen palautti Lotan ajatukset siihen mitä hänellä on tässä ja nyt. Minun on opittava hallitsemaan omaa elämääni, ja muistettava ettei minua ikuisesti ohjaa milloin mikin terapeutti tai hoitaja. Heti maanantaina otan tästä tarkemmin selvää. Nyt kaivaudun tyttäreni viereen nukkumaan.

Työpaikalle tullessaan Lotta tapasi esimiehensä jo ulkorapussa. Aikaa työvuoron alkuun oli heillä molemmilla sen verran, että postissa tulleesta ilmoituksesta ehdittiin käydä nopea keskustelu. "Mene vain, lähde suoraan tästä, voin hoitaa sinun tämän päivän vuorosi. Lykkyä matkaan"!

Lotan kiitos ei ehtinyt kuuluville, kun Auli oli jo kadonnut sairaalan eteisaulan vilinään. "Ymmärtävä esimies luo turvallisuuden tunteen alaisiinsa", luki jossain oppikirjassa. Ja niin se on, ajatteli Lotta.

Lotta kiiruhti ensiksi tukihenkilönsä luokse, joka työskenteli sosiaalitoimistossa. "Linnea, ehditkö, voitko kuunnella minua hetken? Sain tämän tiedonannon. Onko myös sinulle tullut tieto Veijon kuolemasta, ja hänen toisesta lapsestaan?"

"Kyllä, alkuviikosta tuli tieto Veijon virkaholhoojalta hänen kuolemasta. Siinä kerrottiin hänellä olevan toinenkin lapsi, joka on kastettu hänen nimiinsä. Pyysin, että kirkkoherranvirasto ilmoittaa sinulle suoraan."

"Miten minun tulee menetellä? Teenkö oikein jos menen sinne virastoon?" hätäili Lotta.

"Teet aivan oikein, se on ainoa oikea virallinen taho. Ennen kuin unohdan, huomasithan, että kirjeessä sanottiin Mirjan olevan isänsä toinen lapsi. Se tarkoittaa, että hän on Mirjaa vanhempi." Lotan mieli ja askeleet keventyivät tuosta Linnean toteamuksesta.

Kirkkoherranvirastoon oli reilu kilometrin matka. Sopivasti ajatteluaikaa jalan kulkiessa, ja uutta mietittävää oli Lotalla paljon. Missä tämä lapsi asuu, kenen kanssa elää? Minkä ikäinen hän on? Saisiko hän osoitteen, voisiko ottaa yhteyttä lapseen? Onkohan hänellä omaisia? Miksi Veijo ei puhunut hänestä mitään? Ainakin hän on ollut lapsesta tietoinen, kun on nimensä antanut. Lotta pysähtyi viraston portailla mieltä rauhoittaakseen ja löytääkseen sopivat sanat asiansa esittämiseen.

Kirkkoherran lämmin ääni ja rohkaiseva käden puristus häivyttivät Lotan jännityksen. Hänelle osoitettuun tuoliin istuessa tuli melkein ääneen, "kuin olisin tullut kotiin". Virastosta kotiinpäin askeltaessa Lotta kertasi mielessään äskeistä tapaamistaan kirkkoherran kanssa. En osannut edes kuvitella, että joku ihminen voi olla niin aito, lämmin, ymmärtävä ja kannustava! Hän tiesi elämästäni kaiken, jopa enemmän kuin itse tiedän. Hänen kanssa puhuessa ei mikään tuntunut pahalta, ei edes äitipuoleni nuiva luonne, josta johtuvaa oli isäni ulkopuolisuus elämässäni. Siitäkään hän ei syyttänyt eikä moittinut kumpaakaan, vaan puheli lämpimällä äänensävyllään sanoen: "Vaikka sinun taakkasi on ollut raskas, heidän on ollut vielä raskaampi. Ymmärtävän ihmisen ei ole helppoa alistua paholaisen voimaan."

Hän tarkoitti varmaankin isääni puhuessaan, ymmärtävän ihmisen ei ole helppo alistua paholaisen voimaan. Tosiaankin, olin silloin omassa mielessäni varma, että isä ei halunnut olla minulle paha, mutta ei uskaltanut olla puolestakaan, siksi hän aina katosi johonkin kun äitipuolen raivo nousi. Isä ehkä kuunteli jossain lähellä kun itkin ja voihkin nahkaremmin sivaltaessa selkääni. Toivoikohan isäni joskus että olisin noussut vastarintaan?

Lotta sormeili taskuaan, paperin rasahdus käänsi ajatukset pois isästä ja äitipuolen nahkaremmistä. Paperilappu, jonka hän oli äsken saanut aivan tarrautui sormiin, ja nousi melkein väkisin silmien eteen. Se oli avattava ja luettava jo kotimatkalla kävellessä. Moinen juttu oli vastoin Lotan tapoja, hänen mielestä ulkona käveltiin ja kotona luettiin. Vain tämän kerran oli toisin.

Veijo Vuollon lapset: Tuomas ja Mirja. Näin tässä lukee. Heidän syntymäaikansa osoittavat että Tuomas on yhdeksän vuotta vanhempi kuin Mirja. Nuorena poikana on Veijosta tullut isä, aivan liian nuorena. Eipä ole ihme, ettei hän siitä kertonut, säästi sekä itseään, että minua. Muistan kuinka Veijo oli joskus surullisen ja häkeltyneen näköinen toisesta lapsesta

puhuessamme, ja hänen ilmeensä melkein kysyi
"Mistä tiedät"? Ajattelin hänen yrittävän sanoa ettei
minun kuntoni kestä toista lasta, niin kuin totuus
olikin.

"Tuomas Vuollo, sain luvan etsiä sinut ja löysin
sinut." puheli Lotta itsekseen. Vielä samana iltana hän
päätti kirjoittaa Tuomakselle. Osoitteena on nuoriso-
koti, siksikö minun on niin helppo tätä kirjoittaa.

Sinulle Tuomas Vuollo!
Olen isävainajasi leski ja nimeni on Lotta. Elän
ja asun tyttäreni Mirjan kanssa. Huomaathan,
että sinulla sisko. Hän on vasta ensimmäistä
vuotta koulussa. Kerron hänelle sinusta
heti kun saan vastauksesi. Kertoisin jo nyt,
vaan en vielä tiedä haluatko sinä sitä. Me
elämme hiljaisesti. Meillä on vain toisemme.

Ehkä siksi olemassaolosi ja löytymisesi
tuntuvat aivan ihmeelle, kuin uudelle
elämälle. Toivonkin todella näin saavani
yhteyden sinuun. Luulen, että meillä kolmella
olisi iloa toisistamme. Osoitteeni on eril-
lisessä lapussa, että voit heittää tämän
pois ja pitää lappua vaikka taskussasi.

Oli aivan tavallinen maanantaiaamu äiti matkalla työhön ja tytär kouluun. Totuttu ja tavallinen matka, mutta tänään siinä oli jotain erityistä. Lotasta tuntui kuin jokaisen nyppylän takana odottaisi uusi ja odottamaton seikkailu. Tuohon seikkailuun oli avain, joka rapisi hänen taskussaan. Se siivitti askeleet ja ajatukset, vei mukanaan niin ettei tämä hetki tai matka saanut tilaa eikä huomiota.

"Äiti, huomaatko, tästä minun pitää kääntyä koulupihaa kohti?"

"Tosiaan, tulimme aivan huomaamatta kotoa tähän. Voi hyvin, ja opiskele ahkerasti."

Lotta rutisti lämpimästi Mirjaa. Hänen kätensä olivat suojelevassa asennossa tyttären ympärillä, mutta silmät etsivät tien mutkan takaa tulevaa Tuomasta.

Hän pudotti kirjeensä työpaikan postilaatikkoon "onnea matkaan" ajatuksin, ja samassa se kolahti laatikon pohjalle. Käytävässä Lotta tapasi Aulin. Hän sai nopeasti kerrottua mitä kaikkea hän koki, näki ja oppi tuon perjantaipäivän aikana, jonka Auli antoi hänelle vapaaksi. "Hetki sitten pudotin postilaatikkoon kirjeen Tuomakselle ja odotan hänen vastaavan aivan lähipäivinä. Minulla on vahva tunne, että hän vastaa pian", Lotta jatkoi. "Mistä johtuneekin, että minulla on niin kiire nähdä hänet ja saada sanoa Mirjalle, tässä on veljesi. Aivan kuin olisin pelastamassa häntä jostakin. Kuinkahan minun käy jos hän ei haluakaan tavata, eikä edes kirjeenvaihtoon. Olenko liian itsekäs unelmissani? Yritänkö pönkittää vain itsetuntoani ja vaimentaa omantunnon ääntä itsessäni. Voihan olla, että Mirja ei haluakaan edes tietää veljestään puhumattakaan tapaamisesta. Onko vaarana, että Tuomasta tavoitellessani kadotan Mirjan?"

Kaksi viikkoa oli kulunut. Oli perjantaipäivä. Lotan vaisto sanoi, tänään se tulee. Toivorikkaana hän juoksi postilaatikolle. Vaisto oli oikeassa, siellä se oli, kirje Tuomakselta! Lotta laittoi kirjeen keittiön astiahyllylle iltaa odottamaan. Mieliala kohosi hetkessä. Hän oli ääneen sanoa kirjeelle, pian tulee sinun aikasi. Mirjalle hän luki iltasadun tytöstä ja pojasta, jotka monen seikkailun kautta löysivät toisensa, tutustuivat ja heistä tuli ylimmät ystävät koko elämän ajaksi. Satuhenkilöt voisivat olla Mirja ja Tuomas, hän mietti tytärtään peitellessä. Mielessä pyörivät pelko ja riemu yhtä aikaa, jos Tuomas ilmoit-

taakin olevansa väärä henkilö tai muuta musertavaa.
Oli vain tartuttava härkää sarvista. Kädet vapisivat ja
hikoilivat kirjettä avatessa. Nojatuolin istuinkin tuntui
epämukavalta, eikä jaloille löytynyt sopivaa paikkaa.
Sydän tuntui erehtyvän rytmissään ja vatsassa sukel-
sivat tulinuolet.

Lotta hyvä !
Kiitos kirjeestäsi, josta kyllä yllätyin. Minulle-
kin oli tullut se viraston tieto isäni kuolemasta
ja siskopuolen olemassaolosta, mutta en
osannut kuvitella sinun yhteydenotostasi.

Isääni en ole varmaan koskaan edes nähnyt.
Hän on kulkenut vain isän nimenä papereis-
sani. Tosin en muista äidistänikään mitään,
hän unohti minut johonkin Lastenkotiin
ollessani 3-4 vuoden. Sen tiedän, että äitini
ja isäni eivät ole koskaan eläneet yhdessä.
Äitini on ollut naimisissa jonkun Reinon
kanssa sitten myöhemmin. Tämä Reino
on joskus aina käynyt tapaamassa minua
näissä laitoksissa, ja sanonut olevansa hyvin
yksinäinen, sekä myös juoppo. Pahimmillaan
hän on huutaen kertonut äidistäni, se ei ole

*mitään kaunista kuultavaa, mutta hyvä
että on edes tämä side häneen. Minä olen
pian 17 vuotta, ja ikäisekseni olen saanut
paljon pahaa aikaan. Jo ala- asteella vyöryin
sellaisissa porukoissa joissa ikävän torjunta
tapahtui, ja yksinäisyys kaikkosi. Yläasteella
en tunnillakaan jaksanut olla selvänä.*

*Olen kuulemma rikkinäinen ja traumaatti-
nen, näin minulle on sanottu. Olen nykyisin
vähän eheytynyt. Kerron nuoren elämänta-
rinani lyhyesti sinulle heti, että voit päättää
haluatko kirjoitella minulle. Ajattelen tällä
Mirjaakin. Olen iloinen Jos vielä kirjoitat.
Voikaa hyvin, tv. Tuomas.*

Oli varhainen lauantaipäivän aamu. Lotalla olisi
ollut mahdollisuus nukkua pidempään ja loikoa
Mirjan kanssa, mutta hän nousi tavallistakin aikai-
semmin. Yö oli kulunut Tuomaksen kirjeen sisältöä
miettiessä. Poika kertoo lyhyesti ja tyhjentävästi koko
nuoren elämänsä tarinan. Hän on lahjakas ja varo-
vainen. Ehkä herkkäkin, mutta peittelee sitä.

Lotta oli laittanut illalla kynän ja lehtiön keittiön
pöydälle valmiiksi ettei herätä Mirjaa niitä etsiessä.

Vain kahvin porina rikkoi kodin hiljaisuuden. Yöpuku sai olla päällä, mutta hiukset ojennuksessa. Verhot oli avattava vähän isommin, että nouseva aurinko pääsee sisään. Toivon, että se paistaa tämän kirjeen myötä Tuomakselle.

Sinulle Tuomas!
Nyt on lauantaiaamu, kello on vasta puoli
kuusi. Mirja nukkuu ja minä kirjoitan
sinulle! Kerroit kirjeessäsi rehellisesti
elämästäsi. Tunnuit pelkäävän, että
en ehkä halua kirjoittaa sinulle. Toki
haluan, itsehän tätä yhteyttä toivoin.

Olen elänyt paljolti samanlaisen lapsuu-
den kuin sinä. Äitini kuoli, kun olin pieni,
melkein vauva, ja isäni joutui rintamalle
samaan aikaan. Isäni palasi sodasta
kotiin uuden vaimon kanssa. Ehkä voikin
sanoa, että sota siirtyi minun elämääni,
ja sairastutti minut. Lapsuuteni muis-
toista johtuen ymmärrän sinua.

Kirjoitit kivasti, että äitisi unohti sinut johonkin
lastenkotiin. Tuo unohtaminen onkin ehkä

helpompi hyväksyä kuin hylkääminen, se ei
satu niin paljon. Nyt minäkin opettelen ajatte-
lemaan uudella tavalla. Muistoissani alennan
tuomiota niiltä kymmeniltä lähimmäisiltä
jotka unohtivat olla lähimmäisiäni, joita olen
mielessäni ankarasti syyttänyt. Luulen, että
minussa asustanut sylinikävä on pettymyk-
sestä muuttunut katkeruudeksi, ja sairauteni
aikana siitä kasvoi viha. Tuo viha saattoi
olla myös voimavarani vaikeimpina aikoina,
jaksoin paremmin uskoa toipumiseeni. Varjo-
puolena oli se, että vihasin kaikkia ihmisiä,
jopa lääkäreitä ja hoitajia se oli todella väärin.

Vihasin myös isääsi, sitä ainoaa ihmistä joka
pyyteettömästi hoiti ja hoivasi minua ja pientä
Mirjaa. Hän vaistosi kaiken puhumatta jopa
senkin, milloin vauva oli vaarassa. Kerrankin
kun hän oli lähtenyt työhönsä, minä ja Mirja
jäimme nukkumaan, hän palasi matkalta
kotiin, ja tuli juuri pelastamaan lapsen, kun
sain häntä käsitellessäni kohtauksen.

Olin koko elämäni ajan ollut sairas. Jaksoin
jollakin tavalla tukiverkkojen varassa

*opiskella, ja sain ammatin sekä asunnon.
Tapasin erään ihastuttavan miehen. Rakas-
tuin, petyin ja menetin vähäisen uskoni
elämään. Sitten tapasin isäsi. Olin tuolloin
sairaalassa potilaana ja hän hoitajana,
silloin aloin luottaa itseeni ja häneen.*

*Mirjan odotus kävi voimilleni. Hänen synty-
män jälkeen elämä pienen vauvan kanssa
oli ylivoimaista, vaikka isäsi hoiti häntä niin
paljon kuin ehti ja pystyi. Sairauteni otti
minut. Minä pääsin sairaalaan ja Mirja sijoi-
tettiin Lastenkotiin. Sairas minä astui esiin.
Vihasin itseänikin, enkä halunnut kuulla tai
nähdä ketään. Annoinko itselleni luvan elää
näin, koska olin sairas, sitä en tiedä, mutta
sen tiedän, että isäsi ei enää jaksanut.
Nyt lopetan, Mirja heräilee.
Terveiset meiltä
Lotta*

Viikonlopun jälkeen piti alkaa normaali arki, mutta
jo maanantaiaamu oli takkuinen. Mirja oli väsynyt,
ja poissaolevan oloinen. Lottakin tunsi olonsa ahdis-
tuneeksi. Merkeistä ja tuntemuksista huolimatta

oli yritettävä jatkaa normaaliin malliin yhtä matkaa työhön ja kouluun. Lotan mieltä vaivasi Mirjan olemus ja käyttäytyminen kotonakin, ja koulutiellä kulkiessa hän vaikutti vaeltavalta haamulta. Mikä Mirjaa vaivaa, onko hän sairastunut?

"Ei, minun tauti ei saa tulla hänelle!" mietti Lotta. Työskentely ei tuntunut normaalilta, eikä se tuottanut mielihyvää. Ajatus takkusi ja outo varuillaanolo ahdisti mieltä. Pian tuolle tunteelle tuli selitys.

"Lotta, sinulle on puhelu kansliassa!" kuului kaiuttimesta. "Olen Lotan opettaja, voitteko tulla tänne koululle niin pian kuin pääsette, Mirja tarvitsee teitä, hän on sairas!" puhui kiireinen ääni puhelimessa. Lotta ei jäänyt miettimään mitä tekisi, vaan suorastaan ryntäsi osastonlääkärin toimistoon. "Anteeksi, mutta Mirja on sairas, hän on saanut kohtauksen! Te tunnette minun taustani, te osaatte tulkita hänen kohtauksensa. Opettaja käski tulla heti!" Lääkäri ymmärsi Lotan hädän ja Mirjan avuntarpeen. Hän oli hoitanut Mirjaa jo vauva-aikana, ja havainnut tiettyjä oireita. Samaan aikaan oli Lotta itse sairaalapotilaana. Hänelle ei tästä voinut puhua silloin, eikä myöhemmin tuntunut löytyneen sopivaa hetkeä. Asioiden ollessa hyvin tuntui lääkäristä kohtuuttomalle mustamaalata tulevia päiviä.

Jarrut vinkuen lääkärin auto pysähtyi koulun portaiden eteen. Sisälle tullessaan kummankin päällysvaatteet löysivät nopeasti paikkansa. Lääkäri puki valkoisen takkinsa ja pesi huolellisesti kätensä ja meni rauhallisesti astellen Mirjan luokse. "Mirja, ei mitään hätää. Minä autan sinua. Avaisitko silmäsi, haluan nähdä ne. Noin... Näetkö tämän valon? Kuuletko minua?"

Elottomalta näyttänyt, lattialla makaava potilas alkoi yllättäen kouristella. Mirjan keho vetäytyi ensin aivan käppyrään, sitten teki kuin soutavia liikkeitä. Kivettyneen harmaat kasvot muuttuivat pienessä hetkessä lähes tunnistamattomiksi, ja hengitys vinkui ikävästi. Lotta tunsi pyörtyvänsä. Hän ehti voihkaista ennen lyyhistymistään. Lääkäri oli seurannut silmäkulmallaan Lottaa ja reagoi nopeasti. Hän ehti saada otteen kaatuvasta. "Kiitos avusta, pidättekö Lotan päätä ylhäällä, autan ensin tytärtä, sitten äitiä", lääkäri puhui apuun rientäneelle opettajalle.

Äidin ja tyttären taudin tuntien oli lääkärin laukussa juuri oikeat aineet. Piikit saatuaan molemmat virkosivat nopeasti, Lotta ensin niinpä hän oli toimintakykyinen Mirjan virotessa. Lääkäri puki takkinsa, nosti Mirjan syliinsä ja puhui rauhallisesti äidille ja tyttärelle yhtä aikaa. "Nostan sinut autooni, äitisi tulee myös, hän saa mennä taakse istumaan, sinut haluan etupenkille ja ajamme muutaman kilometrin." Lotta tarkkaili hätääntyneenä jokaista lääkärin liikettä ja tyttärensä ilmeitä.

"Onko tämä, onko Mirjalla sama?" hän yritti sopertaa. "Puhutaan siitä myöhemmin, nyt hoidamme Mirjaa."

Lyhyen matkan aikana lääkäri selosti Lotalle kuinka toimitaan sairaalaan tullessa. Potilaan tutkimista vastaanottotiloissa ei tarvittu ollenkaan, kun lääkäri tiesi hänen vaivansa, ja siihen sopivan hoidon. Mirja laitettiin pieneen rauhalliseen yhdenhengen huoneeseen, jossa sänky oli lähellä ikkunaa. Pieni pöytä ja tuoli olivat sen kohdalla seinustalla.

"Minähän olin tässä huoneessa", Lotta parahti.

"Niin olit, ja samasta syystä. Niinpä me molemmat tiedämme miten Mirjaa tulee hoitaa. Sinä olet nyt hänen hoitajansa. Sopiiko se sinulle?" lääkäri kysyi yllättäen.

"Kyllä sopii. Anteeksi olen vielä aivan sekaisin. Mirjalla on siis sama tauti? Voi luojani, näinkö tässä piti käydä."

"Tämä on hoidettavissa, jopa paremmin kuin sinun kohdalla oli. Nyt teemme näin, Mirja nukkuu nyt ainakin tunnin. Minä menen tarkistamaan päiväkierron. Sinä menet ensin kahville. Ota sieltä jotain lukemista mukaasi ja tule istumaan tänne Mirjan luokse. Kun hän herää ilmoita minulle, puhutaan sitten lisää. Hei vähäksi aikaa."

Lotta toimi annettujen ohjeiden mukaisesti. Kahvi oli tarpeen, ja maistuikin harvinaisen hyvälle. Lehdenkin hän muisti ottaa mukaansa, ja käveli turtunein mielin takaisin Mirjan huoneeseen. Tämäkin vielä. Näitä kahta sanaa mielessään toistaen hän istui tuolissa kuin vanha, väsynyt ja paljon kokenut aina pettynyt nainen. Koko maailman painolasti tuntui olevan hänen päällään. Hän uskoi pudonneensa mustaan aukkoon. Se aukko oli kylmä ja pimeä. Sinne ei kukaan nähnyt eikä kuullut, eikä kukaan voinut auttaa.

Mirja nukkui sängyllä ja Lotta oli nukahtanut istualleen tuolille. "Onpa hellyttävä näky," lääkäri kuiskasi huoneeseen tullessaan.

Lotta heräsi lääkärin tuloon. Nukahtaminen tai pieni torkahtaminen ei auttanut hänen väsymykseensä, vaan lisäsi huolien voimaa ja syvyyttä. Hän tunsi laahustavansa kuin tervatut saappaat jalassa pimeässä tunnelissa, etsien olematonta valokatkaisijaa. Lääkärin vakuuttelu Mirjan nopeasta toipumisesta antoi hetkellisen hyvänolon tunteen, mutta pian taas mielen täytti pelko lapsen tulevaisuudesta, ja ahdistava olotila musersi uudelleen. "Miksi aina uudelleen tämä kaikki tulee minun elämääni? Kunpa edes tähän yhteen kysymykseeni joku pystyisi vastaamaan."

Lotta muisteli vuosien takaista asiaa. Hän oli apuhoitajana, kuinka eräs naispotilas kertoi hänelle sisäisen tuskansa purkamisesta. Hän oli päättänyt mennä yksin kesämökilleen. Purkaa tuskansa ja eheyttää itsensä uudella keksimällään tavalla. Silloin tuo juttu huvitti Lottaa, mutta nyt sen muisteleminen tuntui tarpeelliselle. Potilas oli kertonut, että heidän perheen kesämökki oli lähellä rantaa pienen kumpareen päällä. Kumpareen päälle nousu kahden vesiämpärin kanssa oli tuntunut harteissa ja pohkeissa jo ensimmäisellä reissulla ja levähdys oli aivan pakollinen. Tällä kertaa hän oli päättänyt kantaa kaikki tarvittavat vedet pysähtymättä yhteen menoon. Ja niin hän teki. Levähdys ei kuulunut vielä tähänkään väliin, vaan hän jatkoi seuraavalla operaatiolla.

Nyt tyhjät ämpärit saivat kyytiä. Hän kulki pitkin askelin tyhjät ämpärit käsissään mökiltä rantaan ja päinvastoin. Ja iski niillä kaikin voimin polun kahdenpuolen ollutta pensaikkoa. Jokaisella iskulla sujahti pensas vuoroin oikealle tai vasemmalle. Iskujensa tahtiin hän huusi kovaan ääneen kaikki tuskan ja pettymyksien tuottajat, ja niiden aikaansaamat tunteet heidän omilla nimillään ja arvoillaan. Tätä jatkui niin kauan kuin voimia riitti. Viimeisenä huudetun lauseen kaksi viimeistä sanaa kaiku toisti haikealla äänellä: "Niin yksin."

Kaiku oli herättänyt hänet ajattelemaan ja kysymään itseltään miksi hän on yksin. Miksi hän huutaa yksinäisyyttään avaruuteen? Jokainen on yksin vain omasta tahdostaan, tuon naisen väsynyt mieli oli sanonut. Ja lisännyt: "Katso ympärillesi. Siellä on monenlaista elämää jolle voit puhua tai olla puhumatta. Ajattele positiivisesti. Positiivisin ajatuksin voi vaikka rakentaa. Se rakentaminen tapahtuu ilman nauloja ja vasaran iskuja. Älä huuda maailmalle, vaan puhuttele itseäsi ja muista että kaikella on tarkoituksensa. Jos tänään on vaikeaa, niin huomenna on toisin. Ei ole kahta samanlaista päivää." Tämän potilaan eheytymistarina oli taltioitunut Lotan mieleen kuin lääkepullo jonka kyljessä lukee: "Otetaan tarvittaessa." Nyt oli tarve, nyt oli aika käyttää sitä.

Mirja oli ylpeä hoitajastaan, niin myös äiti hoidokistaan. Kaiken kruunasi osastonlääkärin päivittäin usein toistuvat käynnit potilaan luona. Jopa oma opettaja kävi tervehtimässä reipasta oppilastaan. Kaikkien yhteiseksi iloksi toipuminen tapahtuikin muutamassa päivässä.

Oli mahtavaa olla sairaalassa oman äidin hoidossa! Nyt onkin koulussa kerrottavaa, eipä taida monella olla vastaavaa juttua. Sekin lääkäri setä oli tosi mukava, Mirja ajatteli. Nyt on kaikki hyvin. Saamme olla viikonlopun kotona ja maanantaina aloitamme normaalin elämän. Lotta touhusi hetken ja kohta koti oli taas kodikkaan näköinen. Mirja askarteli koulu-asioidensa parissa kamarin puolella tyytyväisyyttään hyristen. Koko koti tuntui uinuvan kuin hymyilevässä pilvessä, jonka kruunasi keittiöstä tuleva kotiruoan tuoksu. "Muutamat askareet vielä ja sitten saamme olla vain aivan kahdestaan", supatti Lotta tyttärensä poskia silitellen. "Käväisen postilaatikolla!"

Postin joukossa oli kirje Tuomakselta. Kuin palkinto konsanaan, iloitsi Lotta mielessään. Tämän luen sitten Mirjan nukuttua, siihen saakka saat olla tuossa ylähyllyllä kunniapaikalla odotella niin kuin aikaisemmatkin kirjeesi.

Nyt on kirjeesi vuoro, Lotta ajatteli astiahyllyn ylimmälle tasolle kurkottaessaan. Kädet vapisivat ja sydän heitti kuperkeikkaa sitä avatessa, kun ilo ja jännitys kilpailivat esiintulollaan.

Lotta hyvä!

*Kiitos kirjeestäsi. Olen lukenut sen moneen
kertaan, ja luettuani jään aina mietti-
mään miten ja mistä minä saisin voimaa
ja uskoa parempaan päivään. Häpeän
kirjoittaa näin, nuori ihminen, jolla on
kaikki tiet avoinna kehittää itseään ja
vahvistaa otetta, mutta en vain jaksa.
Oikeastaan kysyn aina itseltäni minkä
vuoksi näkisin vaivaa, kun ei ole ketään.*

*Vika ei ole tässä paikassa. Henkilökunta
tukee ja kannustaa harrastuksissa ja opin-
noissa. Lähden aina innolla mukaan, ja
pian kaikki luistaa käsistä. Olen niin heikko.
Välillä tuntuu, että seinät kaatuvat päälle,
kun elintilaa on vain kämpän verran ja
vähän käytävää josta kulkevat kaikki. Paljon
on minun ikäisiä jotka ovat jo kokonaan
poltelleet aivonsa viinalla ja huumeilla. Ne
pääsevät kahden valvojan kanssa kymme-
neksi minuutiksi ulos seisomaan, sitten
taas lukkojen taakse omaan koppiin.*

Totuus on, että monesti olen pidätellyt hengi-
tystäni ja purrut kieltäni että olen saanut
kiihkoni rauhoittumaan, etten hypi seinille
tuon pirun kimppuun joka sillä kummittelee.

Minulle on sanottu että olen rikkinäinen siksi,
että olen liian nuorena joutunut aikuistumaan
alkoholistiksi. Nauroin tuolle toteamukselle
ensin, mutta nyt ymmärrän, kun ajattelen
kuinka nopeasti ja kuinka nuorena se tapahtui.
Olin kolmentoista ikäisenä jo täysi holisti!

Tämä kirjeeni on karu. Voi olla että pelotan
sinut, enkä ihmettele jos niin käy, mutta haluan
olla rehellinen omalta puoleltani. Huomaan
että tämä kirjoittaminen on hyvin terapeut-
tista. Sanoisin tätä puhdistautumisriitiksi,
vaikka en todellisuudessa tiedä mitä se on.

Mietin usein, siis kuvittelen, mitä te milloinkin
teette Mirjan kanssa. Millainen koti teillä on,
ja millaista olisi tulla ovesta sisään. En ole
koskaan käynyt oikeassa kodissa. Pienenä
sain vyöryä niissä hoitokodeissa joissa
on usein aivan liian monta holhottavaa

*yhtä aikaa, tiedät mitä se on. Eräässäkin
kodissa oli kaikkiaan kuusi hoitolasta. "Äiti"
oli paljon poissa, kun tuli väsyneenä kotiin,
hän antoi meille jotain käteen ja nukahti.*

*Arvaat varmaan, kuinka me lapset tappe-
limme sillä aikaa! Olen ajatellut, että se aika oli
ehkä orpolasten eloonjäämistaistelun alkuso-
taa. Tuo sota on jäänyt sisälleni asumaan,
enkä saa sitä pois. Olen aina varautunut,
ehkä kyyninenkin. Sytyn herkästi, ja aina
vääristä asioista. Tämä purkautuminen teki
hyvää minulle, toivottavasti sinä ymmärrät.*
  Vastaustasi toivoen; Tuomas.

Lotta luki Tuomaksen kirjettä hitaasti. Joitakin
lauseita puoliääneen toistaen. Liian nuorena aikuis-
tumaan alkoholistiksi, voiko sen paremmin ilmaista!
Hän kertoo rehellisesti itsestään, ja sanoo häpeä-
vänsä heikkouttaan. Hän ei syytä ketään, toteaa vain,
se aika oli ehkä orpolasten eloonjäämistaistelun
alkusotaa.

Tähän kirjeeseen minun on pakko vastata heti.

Sinulle Tuomas!

Aloitan kirjeeni hyvin arkipäiväisesti.
Siskopuolesi sairastui pari viikkoa sitten.
Kesken tunnin hänelle oli tullut jokin ahdis-
tus, ja hän oli pyörtynyt. Pääsin koululle
nopeasti, olin työvuorossa ja osastolääkäri
ymmärsi heti Mirjan tilanteen. Tämä sama
lääkäri on hoitanut minua. Hän sanoikin
huomanneensa jo vauvana, että Mirja on
perinyt minulta ainakin alttiuden tautiin.
Nyt Mirja on kotona kanssani ja voi hyvin.

Kirjettäsi lukiessa pysähdyin lähes joka
lauseen jälkeen. Ihailen ja ihmettelen
ilmaisutapaasi, ja tunteittesi hallintaa.
Jos kapinoit, teet sen itsesi kanssa, jos
olet pettynyt, olet itseesi pettynyt.

Edellisessä kirjeessäsi kuvasit hyvin tuon
orvon lapsen eloonjäämistaistelu. Sitä se
tosiaan on, ja niin se on ollut minullakin. Muis-
tan kuinka keskitin huomioni jokaiseen rasah-
dukseen piilopaikassa ollessa, ja tähystin silmä
tarkkana mistä voisin jonkun murusen saada.
Usein noukin roskakihvelistä pieniä leivän

hitusia lakaistuani pirtin lattian. Nyt ajattelen,
että tuo ainaisen nälän kanssa taisteleminen
peittosi alleen tai sai unohtamaan sylin ikävän
ja läheisyyden kaipuun. Jotain hyvää siinäkin.

Sanot kirjeessäsi, vika ei ole tässä paikassa,
ymmärrän, että olet jossakin laitoksessa. Se
kestää aikansa, eikö niin. Olet ehkä jo 18 v. tai
ainakin pian täytät, sinulta kysytään minkä
suunnan haluat ottaa elämässäsi. Toivon,
että valitset ammattikoulun, sieltä löytyy
varmaan mieleiseesi ammattiin johtava linja.

Kirjoita minulle niin usein kuin mielesi
tekee. Kerro ajatuksistasi ja päiviesi
tapahtumista. Luo tulevaisuuden suunni-
telma, pidä se ohjenuorana, äläkä anna
minkään tai kenenkään tuhota sitä. Me
elämme pientä kotiamme. Ruokaa ja
lämmintä saamme ostettua palkallani.

Mirjan sairaskohtaus säikähdytti, ja sai
mielen suruiseksi. Mieleeni hiipii pelko
omasta voinnistani. Jos sairastun, miten
Mirjan käy? Joutuuko hän kulkemaan

saman tien kuin itse olen kulkenut.

*Olen iloinen, että voin ja saan kirjoittaa
sinulle. Olet elämäni ensimmäinen kirjeen-
vaihtoystävä! Sinua ajatellen Lotta.*

VII LUKU

KUUSAMO 1974

Lotan arki kulki entistä rataansa. Työpaikkana oli edelleen sama sairaala, osasto vain oli vaihtunut useita kertoja. Kotina oli sama sairaalan omistama kaksio kuin Mirjan syntyessä. Heidän kotielämänsä oli hiljaista ja säännöllistä. Vieraita kävi harvoin, nekin olivat pääosin Mirjan koulukavereita.

Mirjasta oli kehkeytynyt sievä teini. Hän suoritti oppivelvollisuuttaan Kuusamon ylä-asteella. Hän oli hyvin pidetty omassa ystäväpiirissään koululaisten keskuudessa ja myös harrastusten parissa. Suunnistus oli Mirjan rakkain laji. Kesäiset matkat ja leirit, joilla sai tavata kauempaakin tulleita lajin harrastajia, tulivat kerta kerralta mieluisemmiksi. Kielimuurikaan ei ollut tutustumisen esteenä. Koulussa opitun sanaston loppuessa hän jatkoi ilmeillään ja eleillään.

Yhtä mieluisia äidin mielestä olivat tyttären tuomat hyvät koetulokset koulusta, kuin pokaali tai kunniakirja suunnistusreissun jälkeen. Tuollaiset asiat pysäyttivät ja pistivät ihmettelemään. Ne olivat Lotalle täysin uutta ja outoa asiaa. Vielä ihmeempää oli se, että hän sai kokea nämä oman tyttärensä kautta. Olen joskus kuullut, että elämä palkitsee, mutta että minuakin. Miten olen, tai olenko tämän kaiken ansainnut? jatkui mielenpuntarointi.

Yksi asia vaivasi Lotan mieltä. Tuomas ei vastannut

hänen kirjeisiinsä. Eri virastoista hänen kyselyihinsä sanottiin: "Asia ei kuulu meille tai että 18 vuotta täyttäneet eivät kuulu lasten valvonnan piiriin." Hän oli neuvoton ja täysin yksin asiansa kanssa. Työkavereitaan hän ei raaskinut taas rasittaa omilla murheillaan, ja Mirjalle hän ei Tuomaksesta puhunut vielä mitään. Postilaatikkoon katsominen tuotti jokapäivä saman pettymyksen. Jotain pahaa on tapahtunut, mutta mitä ja missä. Tuomas kirjoittaisi varmasti jos voisi. Siis jokin estää sen, Lotta mietti.

Kuluneen kesän aikana Lotta oli kaksi kertaa mukana tyttärensä kilpailumatkalla. Toinen näistä oli yösuunnistus jossain Oulun lähellä. Tätä matkaa Lotta jännitti kovasti. Teki mieli peruuttaa koko juttu keksiä joku pätevä syy, vaikka työ este. Mutta ei, Mirjalle en voi valehdella, hän pohti. Ensimmäisen kerran elämässään Lotta oli koko viikonlopun pois kodistaan. Satojen kilometrin päässä. Nuorten aikuisten joukossa. Linja-automatka ja majoittuminen kilpailupaikan läheisyydessä olleelle koululle olivat Lotalle uutta suurta ihmettä. Oikea ihme tuli vasta illan hämärtyessä, kun kilpailijat tulivat esiin. Heitä oli satoja, lie ollut tuhansia nuoria ja aikuisia. Kaikilla otsalamput joissa on valo, ja edessään kartta jonkinmoisessa telineessä. Lähtöstartin jälkeen oli vaikea uskoa silmiään. Näky oli huikea! Kuin lentävien kiiltomatojen sota. Sadat pienet valot tuikkivat ja luikertelivat pimentyvässä illassa. Peltoaukeaman jälkeen kilpailijat tulivat tiheään risukkoon. Silloin nuo kiiltomatolaumat aloittivat balettitanssinsa. Ne kurkkivat ja kumarsivat oikealle ja vasemmalle, niiasivat syvään, nousivat ja jatkoivat tanssiaan. Lotta seurasi kilpailua niin haltioituneena, ettei huomannut aivan vierellään ollutta rouvaa, vaan huitaisi innostuksissaan tämän silmälaseihin. "Anteeksi, aivan unohdin kuinka paljon meitä on," hän soperteli. "Ei mitään. Tämä väen paljous aivan sokaisee. Olen ollut yösuunnistusta seuraamassa useita kertoja. Yleisöä on aina, mutta tämä ihmispaljous yllätti todella." "Minä olen ensimmäistä kertaa. Olen täällä tyttäreni mukana. En osannut kuvitella, että suunnistus on näin suosittu harrastuslaji kaiken ikäisille. On upeaa nähdä tuo liikunnan riemu kilpailijoiden kasvoilta. Tuli mieleeni, että lajin nimeksi sopisi yhtä hyvin Ponnistus kuin Suunnistus."

Pienen juttutuokion jälkeen Lotta käveli ihmisjoukon ulkopuolelle, ja edelleen soraiselle kylätielle. Tätäkö ovat luonto ja vapaus? Saa olla vapaana luonnossa ja nauttia siitä. Ihmeellinen rauha ympärillä, vaikka aivan lähellä on kenties tuhansia ihmisiä jotka huutavat äänekkäästi. Siis luonnossakin voi olla yksin ihmisten ja hälyn keskellä jos niin haluaa?

Lotan mieli tuotti kysymyksiä varmaankin yhtä paljon kuin lapsella voi olla ensimmäisenä koulupäivänä. Hänestä tuntui, että on katsottava jokaisen puun ja kiven juureenkin mitä ihmeitä niissä on. Mutta pimeänverho laskeutui alemmas ja alemmas, ja esti näkemisen. Onneksi Mirja oli antanut hänelle taskulampun. Sen valokiilassa oli turvallisen tuntuista kävellä.

Kilpailijat olivat kaikonneet kiiltomatoineen näkymättömiin. Katsojain tuottama hälinä tuli Lotan korviin vaimeina ääniaaltoina. Tuuli oli täysin tyyntynyt. Tien vierillä oleva metsä seisoi kuin vartiossa. Joku risu rasahti. Pikkulintu pyrähti muutaman metrin. Tumma taivas oli saanut tähtipeitteen. Luonto oli asetellut alkusyksyn öisen kattauksen kuin vieraita varten. Lotta tunsi olevansa tänään sen ainoa vieras. Hänelle tarjottiin raikasta ilmaa ja mielenrauhaa, joita sai ahmia tai ryystää vaikka humaltumiseen asti. Majapaikkaansa palatessaan Lotta oli rätti väsynyt, ja onnellinen. Mirjan kilpailu oli pian päättymässä, mutta hän ei jaksanut odottaa enää hetkeäkään. Iltapesukin oli siirrettävä huomiseen iltaan. Hän heittäytyi sängylleen isommin riisumatta, ja antoi unen viedä. Mirja tuli huoneeseen kymmenen minuuttia myöhemmin tarkoituksenaan kertoa äidilleen kilpailun kulusta. Mutta se jäi tarkoitukseksi. Hän antoi äidin nukkua.

Uni maistui kummallekin niin hyvin, että aamupala oli hotkittava kiireisesti ja vähin äänin ehtiäkseen kotimatkalle lähtevään linja-autoon. Mirja pulppusi kilpailukokemuksiaan taukoamatta. Välillä hän heitti äidilleen jonkun kysymyksen odottaen niihin vastausta, mutta Lotta vastasi vain päätään nyökäyttäen tai pudistaen. Aluksi Mirja huolestui äitinsä käytöksestä, mutta ymmärsi pian ettei hänen pidä sekoittaa äidin ajatuksia, vaan antaa tämän rauhassa sulatella kokemaansa. Matkan aikana nuoret vaihtoivat mielipiteitään innokkaasti keskustellen. Lotta istui autossa aivan hiljaa.

Arkipäivät menivät vilisten ohi, sekä äidiltä että tyttäreltä. Aamuin illoin juttu kulki suunnistuksessa ja kilpailumatkoissa. Mirjan suurin riemunaihe oli harrastuksen mukanaan tuoma uusi ystäväpiiri. Lotta iloitsi omasta löydöstään. Hän ei osannut eikä halunnut siitä vielä kenellekään kertoa. Taustalla oli pieni pelko tulisiko hän väärinymmärretyksi ja sitä kautta leimatuksi. Leimautuminen vaanii erityisesti työympäristössä, siellä lähes jokainen tietää minun sairauteni, Lotta aprikoi. Hän päätti säilyttää uuden maailmansa aivan omanaan ja opetella hiljalleen tuntemaan sen.

Postilaatikkoon oli taasen kurkattava. Aivan turhautti, joskus suututtikin sen tyhjyys. Laskut ja muut pakolliset eivät olleet Lotan mielestä mitään postia. Kuitenkin siihen oli ollut tyytyminen jo yli kaksi vuotta. Mutta hän jaksoi uskoa ja toivoa, että jonakin päivänä tulee Tuomaksen kirje.

Tänään oli se päivä. Siellä se oli, aivan laatikon pohjalla.

Mirja oli vielä harjoituksissaan, eikä ruoallakaan ollut kiire. Oli oiva tilaisuus paneutua Tuomaksen kirjeeseen. Aurinko oli hiipumassa, mutta lämmitti vielä vähän ja piristi Lotan pelokasta mieltä. Kuori auki ja asiaan! hän komensi itseään.

Lotta.
Yksinkertainen alku karulle kirjeelleni. Tiedän
olleeni kohtuuttoman hävytön, kun en ole
vastannut sinulle. Heikoimpina hetkinäni olen
ollut tuntevinani sinun tuskasi ja hätäsi kato-
amisestani. Olen jopa nauttinut siitä. Sitten
taasen olen kieltänyt tunteeni. Silloin olen

ajatellut sinustakin pahaa. Arvaat varmaan missä olen ollut. Kyllä, oikeassa Posessa. Sain ansioni mukaan. Istuin puolitoistavuotta. Sitä sanotaan istumiseksi, mutta ei siellä saanut istua makaamisesta puhumattakaan.

Sen viimeisimmän kirjeeni jälkeen pistin tuulemaan. Aloin diileriksi eräälle porukalle. Kuskasin niitä yötä päivää. Mentiin rajalta rajalle joka mielessä. Ajoin autoa, pidin yhteyksiä, otin tilauksia ja myin tavaraa. Opetin vasta-alkajille käytönkin kädestä pitäen. Siis pistin itseeni ainetta. Heppa oli kovassa iskussa! En tarvinnut unta enkä ruokaa. En tiedä kauanko tuota myllyä oli kestänyt ennen kuin minut otettiin kiinni. Pääsin tutkintavankeuteen. Sanon pääsin, ja niin se oli. Olisin varmasti kohta kuollut. En saanut vesiryyppyäkään alas. Ei ollut yhtään aamua oksentamatta verta. En voinut olla hetkeäkään yhdessä kohti.

Siinä vankikopissa olisi pitänyt tulla toimeen pienemmillä liikkeillä ja vähemmällä äänellä. Mutta minun oli pakko mölistä ja hyppiä

seinillä niiden pirujen perässä. Vartijat
kyllästyivät siihen. Ne veivät minut isompaan
koppiin, jossa oli kolme tappelevaa korstoa.
Ne eivät syleilleet minua tervetulotoivotuksin,
vaan mukiloivat isoilla luisilla nyrkeillään
päästä varpaisiin. En tiedä kauanko olin
heidän maalinaan ollut. Sen muistan, että
sellini lattialta herättyäni en hyppinyt seinille.

Nyt olen täällä entisten vankien toipilasko-
dissa. Näin me hoidokit tätä taloa kutsumme.
Tämä ei ole häävi hotelli, mutta kuitenkin
paras paikka sitten hepo-urakan jälkeen.
Lienenkin kotiutunut tänne. Välillä tuntuu, että
olen suorittanut jonkun tutkinnon, ja siten
ansainnut tänne pääsyn. Uskottelen itselleni
näin olevan ja käyttäydyn sen mukaan. En
pääse täältä edes pienelle lomalle yksin. Olen
aina kihloissa vartijan kanssa. Mikäpä siinä,
sillä ne ovat isoja ja komeita miehiä. Rinnukset
täynnä värikkäitä pelti palasia ne näyttävät
joulukuusilta. Ei puutu kuin piirileikki kuusen
ympärillä. No sitäkin on joskus ollut.

Olen kirjoittanut tätä kirjettäni varmaan

*viikon, ehkä kaksikin. Täällä on niin vähän
rauhallista aikaa, ja silloin kun olisi, on
oma pääni hälyn täyttämä. Silloin en pysty
kirjoittamaan. Lisäksi olin ajatellut saada
tästä kirjeestä täydellisen koko loppuelä-
mää kattavan, sekä täysin rehellisen.*

*Olet ainoa ihminen maailmassa jolle olen
voinut olla rehellinen. Tiedän etten jatkossa
pysty siihen. Tämä kirje päättää meidän
ystävyytemme. Olet ansainnut parempaa.
En salli, että otat minusta taakan. Minä elän
omaa elämääni omalla tavallani. Samoin
sinä ja Mirja siellä. Pyydän, jos et ole puhunut
Mirjalle minusta, niin et puhuisi jatkossakaan.
Kaikkea parasta toivoen, Tuomas.*

Tuomas on päätöksensä tehnyt. Itse tehty, ja omaksi parhaakseen. Myös minua ja Mirjaa ajatellen täysin oikein ja meidän suojaksemme tarkoitettu. Todella rohkea ja samalla raskas teko. Näillä kynän piirroilla hän otti itselleen henkisen vapauden. Hänen ei tarvitse selitellä tekemisiään minulle eikä itselleen. Saa elää sellaisena kuin on. Saa kasvaa tai kutistua. Minä uskon uuteen kasvuusi Tuomas. Näkemiin vain!

Haikein mielin Lotta taitteli kirjeen takaisin kuoreensa, silitteli sitä hellästi ja antoi kuorelle kevyen suukon kuin nukkuvan lapsen otsalle ja laittoi sen raamattunsa väliin. Sanotaan, että kaikelle tulee aikansa, niin tällekin kirjeelle. Tuon pienen ja lähes hartaan toimituksen jälkeen Lotta istui rakkaaseen tuoliinsa ja antoi muistojen kuljettaa. Isomummo tuli ensimmäisenä mieleen. Herttainen ja huivipäinen pikkumummo pienessä aurinkoisessa mökissään.

Mieluinen muisto veti Lotan suupielen hymyyn. Ajatusvirta jatkoi mummon mökistä sijaisperheeseen. Hymy hiipui ja tunnelma muuttui. Nyt iholla tuntui hyytävä kylmyys ja pistävät neulat. Vatsassa poltteli ainainen nälkä ja korvissa kaikuivat talontyttöjen pilkkasanat, joihin emäntä antoi omat lisänsä. Sitten isän kotiin tulo. Viimeinkin koittaa se onnenpäivä, että pääsen pois tästä käärmeenpesästä. Näin silloinen ajatukseni tarkoitti omassa mielessäni. Muistan istuneeni hevosen reessä vällyjen alla, kuunnellen tiukujen kilinää ja miettien miltähän koti näyttää.

Oikeaa muistikuvaa minulla ei syntymäkodistani ollut. Ne vähäiset asiat, joita muistin olen muovannut paremmin siedettäviksi ja kestettäviksi. Ulkoseinät olivat punamultamaalilla maalatut. Valkoiset ikkunainpielet? Ei, ne eivät olleet valkoiset! Mutta sen muistan varmasti, että tuvan verhot olivat kreppipaperista ja väriltään vihreät, reunoistaan kivasti muotoillut.

Auringon lämmittävät säteet kuulsivat koukeroreunaisten verhojen välistä. Usein niitä katsoessani ajattelin, että eihän noin ihanassa kodissa voi asua pelottava äitipuoli, eikä isäni joka on unohtanut minut. Tuo ajatus sattui kipeimmin silloin kun katsoin karjaladon seinärimojen raosta tupaan päin. En osannut edes kuvitella, että joskus pääsisin kokemaan jotain sellaista kuin opettajaperheessä ollessani.

Opettajaperhe ja heidän kotinsa oli kuin satukirjasta. Tämän vertauksen kehitin mielessäni kauppiasperheessä ollessani, heidän lapsille satuja lukiessani. Kun elämä alkoi olla kohdallaan, tuli sairauteni esiin. Miksi vasta silloin?

Jos sille ei jäänyt tilaisuutta aikaisemmin, kun olin aina niin peloissani, nälissäni tai hakattuna. Ehkä sainkin kohtauksiani jo aikaisemmin, mutta lapsen-mieleni ei jaksanut erottaa eikä tiedostaa niitä muun tuskani alta.

Elämä on kasvattanut ja kouluttanut minua kovalla kädellä. Ja usein olen kapinoinut vastaan. Nyt voin jopa kiittää menneistä. Se kaikki on luonut pohjaa tulla paremmaksi ja vahvemmaksi. Siitä minun on Mirjan kanssa hyvä ponnistaa.